曾子凡 編著

有冇搞錯

廣東人講普通話辨誤

三聯書店（香港）有限公司

責任編輯　蔡嘉蘋
裝幀設計　吳冠曼

書　　名　有冇搞錯——廣東人講普通話辨誤
編　　著　曾子凡
出　　版　三聯書店（香港）有限公司
香港鰂魚涌英皇道1065號1304室
JOINT PUBLISHING (H.K.) CO., LTD.
Rm. 1304, 1065 King's Road, Quarry Bay, Hong Kong
香港發行　香港聯合書刊物流有限公司
香港新界大埔汀麗路36號3字樓
印　　刷　陽光印刷製本廠
香港柴灣安業街 3 號 6 字樓
版　　次　2003年1月香港第一版第一次印刷
2009年5月香港第一版第三次印刷
規　　格　大32開（143×210mm）200面
國際書號　ISBN 978 . 962 . 04 . 2101 . 3

目錄

詞彙篇

教學篇

序　言

香港回歸以來，大中小學師生到內地交流訪問的絡繹不絕，市民大眾到神州大地旅遊觀光的盍興乎來，港人北上學習、工作的蔚然成風，普通話在香港因而也大行其道。1998年，普通話成為中小學的核心課程；2000年，普通話成為中學會考科目；大專院校方面，普通話班供不應求；至於政府和各大機關企業，也紛紛為員工開班惡補普通話。

凡相近似的語言，都由一個語言共同體發展而來，這些語言之間有一種親屬關係。普通話和廣州話也存在這種兄弟關係，彼此都源自古代漢語，都按它們各自的內部規律發展。其間，基本詞彙和語法構造有較大的穩固性，語音變化則較大，但是它們之間的關係還是有跡可尋的。

在語言學習過程中，如果能夠注意到舊有的語言習慣，對於培養新的語言習慣，效果必更顯著。學習一種跟母語有密切關係的語言，更不能忽略二者之間的關係。一般機械地記憶與盲目地學習，不但會減低學習的效果而且也會減低學習的興趣。用對比語言學的方法，整理、歸納出普通話和廣州話在語音、詞彙、語法方面的對應關係，掌握規律，以簡馭繁，可收事半功倍之效。

子凡兄潛心廣州話普通話口語詞對比研究多年，成就卓著。是書分語音、詞彙、教學三篇，是作者幾十年來教學和研究的心得體會。其中，〈記音竅門四則〉、〈"粥"和"稀飯"的區別〉、〈識、懂、會的區別〉、容易誤用的同義詞之合格、及格等討論，語多啟發，針對性強。〈"港式普通話"剖析〉一文，宣示了方言和普通話對比教學的重要性；〈怎樣提高普通話口語水平〉一文，則提倡普通話教學必須重視口語詞和口語表達訓練，都充分體現了先生獨到的識見。

全書行文流暢，興味盎然。與學生娓娓道來，閒話家常之際，學生對普通話的領會已更上層樓矣。忝為語言教學的同道，並有幸能先睹為快，特誠意向各位推薦本書。是為序。

施仲謀

2002年7月18日

前　言

掌握某種方言的人想學好普通話，最省勁兒的辦法就是進行語言對比。他們不是學習一種全新的語言，而是學習與自己母語在各方面有着內在聯繫的語言。因此，發揮自己的優勢，利用從母語獲得的認知去比較、貫通，就可以事半功倍。

多年來筆者就是抓住這個關鍵進行教學和寫作的。

《廣州話·普通話口語詞對譯手冊》(1982，增訂本1998)收集了8000多個不能逐字對譯為普通話的廣州話口語詞，提供普通話的口語對譯。書後有詞彙和語法對比兩個附錄。筆者希望幫助讀者"暢所欲言"——把自己母語裏的口語詞彙，暢所欲言地説成目標語(普通話或廣州話)。該書適合普通話中級班以上的人士使用。

《廣州話·普通話對比趣談》(1989)針對香港人在學習普通話語音、語彙時的重點、難點，提供活潑有趣的練習或資料，並進行淺易實用的分析。書後附錄淺析普通話、國語、華語的異同。該書適合普通話初級班的人士使用。

《香港人學習普通話》(1991)是《趣談》的續編。該書兼談語音、詞彙和語法的學習，特別闡發了坊間讀物談得較少的"文白異讀""多音字""輕聲""兒化""形容詞重疊變調"等問題，適合中級班以上人士使用。

《廣州話·普通話的對比與教學》(1994)是《趣談》和《學習普通話》的姊妹篇。該書從較深層次介紹了普通話的語音、難音辨正、語彙和語法基本知識，兼談廣州話和普通話聲、韻、調的對應，以及普通話教學法。適合高級班人士和教師使用。

《廣州話·普通話語詞對比研究》(1995)分析了廣州話的來龍去脈，從十六個方面與普通話語詞作了詳盡對比，指出了研習廣州話或普通話的門徑，適合高級班人士和教師使用。著名語言學家詹伯慧教授對此書給予了較高評價。

《普通話口語詞典》是正在校印的新書。該書收錄了近6000條普通話口語詞，釋義、舉例並提供廣州話口語詞對譯。該書的目的是幫助操廣州話的讀者"暢所欲聞"——聽懂看懂普通話口語詞彙。順帶也幫助北方讀者了解這些口語詞的廣州話對譯及用法。

學習普通話包括語音、語彙、語法三個方面。眼前的這部小書分"語音篇""詞彙篇"和"教學篇"，收錄了筆者的教學經驗和近期研究成果。這是上述各書的補充和發展。由於水平所限，錯誤在所難免，請讀者、專家不吝賜教。

本書原定名《學好用好普通話》。非常感謝聯合出版集團總裁、三聯書店(香港)有限公司總編輯趙斌先生賜予獨出心裁、生動活潑的命名。香港大學中文系施仲謀博士在百忙中為本書作序，謹此衷心感謝。

曾子凡

2002年6月30日

yǔyīnpiān 語音篇

真實的笑話

學好語音是學好、用好普通話的第一步，本地學員受廣東話影響，往往發音不準或是唸錯音，因此造成不少笑話 。以下真實的笑話是筆者在教學過程中收集的，具有一定的普遍性。希望學員在會心微笑之餘，別忘了切實糾音，以免重蹈覆轍。

一. 收買人心

話說有位老廣，他得知北京某藥店專賣地道藥材。於是不辭勞苦找到該店，迫不及待地問售貨員“真正的rénxīn多少錢一斤？”

“人心能當藥材嗎！”售貨員嚇了一跳。

“能啊。rénxīn是滋補藥材哇。”老廣鄭重其事地說。

售貨員納悶了：“就算‘人心’能治病，也沒地方買去哇！難道從人的身上挖出來不成？”

老廣又興致勃勃地說：“怎麼沒有這種藥材呢，聽說高麗xīn、東北rénxīn最棒了。”

售貨員好像明白了："'東北人心'？'人心'是比喻吧，就像劉德華唱的'我的中國心'，真唱出了我們的心聲呢。"

這回輪到老廣納悶了："怎麼人家聽不懂呢？我來買藥材，幹嗎會扯上劉德華唱歌。"算了，投降吧。於是大筆一揮"我買人參"，才解決了問題。

老廣説 rénxīn，人家沒法跟 rénshēn 掛上鉤，因為"心、參"完全不同音。老廣上了生動的一課：不能盲目類推。

廣東話讀〔sɐm¹〕的字在普通話有以下對應：shēn 深、參（人參）；sēn 森；chēn 琛；xīn 心、芯（燈芯）。不能一概而論。

二. 乳豬換乳豬

小江常常以為，把廣東話説偏一點就是普通話了。有一天他試着用"普通話"對歐老師説："您是北方人，不懂廣東話；而我呢，普通話説得不好。能不能您教我，我教您，大家 yǔjū 換 yǔjū 啊？"

歐老師大概聽懂了小江的意思，高興地説："好哇，你教我廣東話，我教你普通話。"

小江説："是呀，互通有無，yǔjū 換 yǔjū。"

歐老師很納悶，"互教互學很好。不過學語言跟廣東話'乳豬'有什麼關係呢？還要用'乳豬'換'乳豬'。"

小江解釋説："不是'乳豬'是 yǔjù，你教我 yǔjù 普通話，我就教你 yǔjù 廣東話。"

歐老師還是納悶："我可以教你'日常普通話''商業普通話''科技普通話'什麼的，哪兒來的'雨具普通話'啊。"

小江見説了半天，還是詞不達意，也急了："我寫出來您就明白了。”

可不，歐老師一看就明白了：“天啊，不是什麼‘乳豬 rǔzhū’‘雨居 yǔjū’‘雨具 yǔjù’。原來你想說‘一句換一句 yí jù huàn yí jù’。”

這時候，小江也臉紅了：“都怪我普通話發音太差，才鬧的誤會。把廣東話說偏一點也不可能變成普通話的，非好好兒學不可。”

跟着，歐老師教小江唸“乳豬 rǔzhū”、“雨居 yǔjū”、“雨具 yǔjù”、“一句換一句 yí jù huàn yí jù”。

三. 你不“凍”我就開“槍”

一天夜晚，在北行的列車上，大伙兒正在侃大山。廣東人麥先生感到車廂有點兒悶熱，就用“普通話”對北方人周先生說：“先生，你 dòng 不 dòng，不 dòng 我就 kāiqiāng。”

周先生吃驚地大叫道：“小伙子你有槍哪，我沒招你惹你，幹嗎動不動就開槍呢？”

各位讀者，你們看明白麥先生的“普通話”了嗎，原來他的意思是“你凍唔凍吖，唔凍我就開窗嘞。”周先生卻以為他說“你動不動啊，不動我就開槍啦。”也就嚇了一跳。

首先，麥先生的“普通話”有詞法錯誤。表達“感到溫度低”這一意思，通常說“冷”。雖然“凍”也有“感到溫度低”這一詞義，但在普通話比較書面化，常指“手腳感到溫度低，以致麻木”，如“我的腳凍了、手凍了”。又或是要帶補語，如“真凍得慌（dehuang，凍得難以忍受）、凍得直哆嗦”。所以把廣東話“你凍唔凍吖，唔凍……”照搬，北方人就會聽成“你動不動啊，不動……”。

其次，麥先生的"普通話"也有語音錯誤。廣東話"窗"，普通話是chuāng，說qiāng就是"槍"了。另外，為了更清楚、明白、更符合普通話的習慣，最好說"窗戶"或"窗子"。

這個笑話提醒廣東人，有些廣東話同音字在普通話並不同音，不要錯誤地等同、類推。廣東話同音的"〔tsœŋ¹〕窗、槍、昌"，在普通話分別對應為chuāng（窗）、qiāng（槍）、chāng（昌）。

還有，學好語音的同時，還要學好詞彙，注意粵普詞語的不同用法。

四. 有沒有"鋼子槍"

郭老師在香港是教普通話的。有一次他到廣州旅行，當時正在火車站遛彎兒。一個小伙子從後面趕上來跟他打招呼："先生，先生。"

郭老師本能地用普通話回答："什麼事啊？"

小伙子見是個北方人，隨即用"普通話"問："有沒有'鋼子槍'？"

郭老師嚇了一跳："你是什麼人？為什麼要槍？還是'鋼'的呢。你要'槍'幹嗎？"

小伙子繼續用"普通話"說："搶一點啦！搶一點啦！"

郭老師聽了，馬上後退幾步，做好打架的姿勢，大聲喝道："光天化日的想搶東西！小心我教訓你。"

小伙子見郭老師發起火兒來，就知道自己的"普通話"不靈了。於是就改用廣州話慢條斯理地說："先生，你識廣州話㗎。我唔係搶嘢，問你有冇港紙暢啫。”

郭老師這才鬆了一口氣，但還是似懂非懂：“什麼叫‘鋼子槍’？”

小伙子接着說：“我想用人民幣同你換啲港紙。”

啊，原來如此，真是一場虛驚。郭老師趕忙說：“我沒有‘鋼子槍（港紙暢）’，你快走吧。要不，我喊公安了。”

郭老師這段親身經歷幫助了他日後的普通話教學工作，學員們都喜歡聽他說這個故事，也知道了“鋼子槍”應該說“換港幣”。

五. 冒名而來

著名語言學家王力教授生前非常關心推普工作，更不遺餘力地幫助廣東人學習普通話。早在五十年代，王先生《廣東人怎樣學習普通話》一書開創先河，針對廣東人的問題，指出在語音、詞彙、語法幾方面的學習要領和方法。

1981年王先生不顧81歲高齡，風塵僕僕南來香港訪問，並以“粵方言與普通話”為題發表演講。當天會場座無虛席，聽眾反映非常熱烈。演講結束，一位小姐跑到講台跟王教授握手，激動地說：“王先生，我是mào名而來的。”

王教授先是一楞，然後風趣地說：“如果你是mù名而來，我是歡迎的。如果是mào名而來，那就不好了。你mào誰的名啊？”

這小姐一聽，知道自己唸錯了音，臉唰地一下紅了。原來她想說“王先生，我是慕(mù)名而來”，但是受到廣東話“冒、慕”同音的影響，說成了：“冒名而來”，也就是冒名頂替了。

我們學習時要注意：有些字雖然在廣東話同音，但是在普通話會有不同的對應，切不可盲目類推。試比較廣東話mou這個音在普通話的對應：

máo 毛　mǎo 冇粵語　mào 冒 帽 耄

mú 模模樣、模子　mǔ 母畝　mù 慕 墓 募 暮

mó 模模型、模範　膜膜拜

wū 巫 誣　wú 無 毋　wǔ 舞 侮　wù 務 霧 戊

注："耳膜、簫膜"等的"膜"普通話唸 mó（與"膜拜"同音）或 mór；廣東話唸 mɔk² 或 mɔk⁶。

六. "大罪餐"

欣欣放學回家，美滋滋地跟媽媽說："媽咪，真係好嘢，聽日我哋開大食會。"媽媽聽了也很高興。接着又抓住這個機會輔導女兒學習普通話。

"小欣，你在學校正在學普通話，剛才你說的廣東話，用普通話應該怎麼說哇？"

"好，我試試：真棒，明天我們大 zuì 餐。"

"前邊都說對了，最後一個詞你說什麼來着，大罪餐？"

"不，應該說大敘餐。"

"啊，那也不對。'敘'不唸 zuì 要唸 xù。但是，'敘餐'也用錯了。"

"為什麼？"

"'敘'的詞義有'說；記述；評議等級'，又或是作'序'的異體字，用於'序次、序文'等詞裏。'敘'和'餐'是搭配不到一起的。"

"那麼，'敘餐'是生造詞語啦？"

"是的。正確的說法是'聚餐'。聚集在一起吃飯的意思。因為廣東話'聚''敘''罪'同音，有的人不加區分就會用錯了。"

"那麼，'聚餐'的'聚'在普通話唸 zuì 還是唸 xù？"

"都不是，應該唸 jù。"

"那，我懂了。明天我們大 jù餐。"

接着，媽媽又分析了廣東話 dzœy 這個音在普通話的對應，小欣就更清楚了。除了說謝謝媽媽，她還打算把這個故事告訴其他同學呢。

媽媽給小欣分析的對應規律是這樣的：

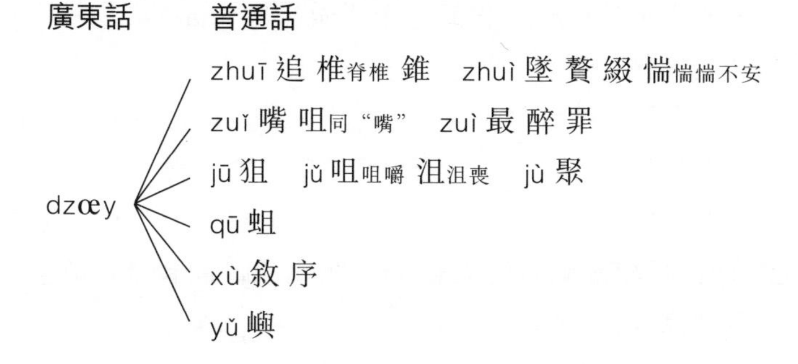

七. "報告"錯了

小張和小李在同一家學校唸中二。小張打電話問小李旅行的出發時間。

——小李子，下星期六旅行幾點鐘出發？

——六點鐘。你不知道嗎？

——這麼早？誰告訴你的。

——報告說的呀。

小張心裏挺納悶的：最近誰給我們作報告來着？老師也沒

有給我們發過報告哇。於是接着問小李子。

——報告？沒有人給我們報告哇。

——學校門口的報告欄還貼着呢。不信，你自己看看去。

這下子，小張明白了，小李子把“佈告”錯讀為“報告”。

——噢，我知道了。你是説“佈告欄”貼出了“佈告”公佈了旅行出發時間。

——對了，就是這麼回事兒。欸，“報告”“佈告”不是一樣讀法的嗎？

——這兩個詞在廣東話是同音的，但在普通話就不同了。你應該説 bùgào 不是 bàogào。

——原來是這樣。告訴人家叫做“報告bàogào”，張貼出來的通告叫做“佈告 bùgào”。

——對了。要注意廣東話含有〔ou奥〕這個音的字，在普通話有些對應為 ao，如：奥、冒、報、導、套；但有些是對應為u的，如：慕、佈、努、兔。個別還有例外的呢，比方：“造”的韻母對應到普通話是 ao，但廣東話同音字“做”的韻母在普通話卻是 uo。

——真夠複雜的。

——碰點兒釘子，鬧點兒笑話就記住了。這是我的經驗。

——小張，我得向你學習。

——不客氣，咱們互相幫助吧。

八. “如意雞腸”

小陳是普通話發燒友，為了提高聽説水平，一有機會就跟人家練習。農曆新年來了，小陳見到人就説“豬你魚意雞腸 zhū nǐ yúyì jīcháng”“豬你魚意雞腸”。人家聽了都很奇怪，以為小陳要弄一道什麼佳餚呢。

老高是北方人，他更納悶了："小陳，什麼豬啦、魚啦、雞啦，挺豐富的。過年了，你來個大採購哇。"小陳也不好意思了，心想自己的普通話出了問題，趕緊改一改吧。於是說："居你如意機場 jū nǐ rúyì jīchǎng"。老高接着說："噢，機場，機場。對了，我正準備上機場坐飛機回老家探親呢。"這真把小陳弄個哭笑不得。

原來小陳想，過年了，說句吉利話吧。"祝你如意吉祥 zhù nǐ rúyì jíxiáng"最好不過了。誰知道，小陳把第一聲唸成第四聲，於是"祝 zhù"就變成"豬 zhū"了。"如意 rúyì"不是"魚意 yúyì"，這個詞小陳後來意識到唸錯改正了。"吉祥 jíxiáng"這個詞最難讀，因為"吉"是古入聲字，現代漢語裏沒有入聲，其聲調和發音的對應規律很少(學員誤讀、不會讀的70%是入聲字)，往往要逐個記住。"祥"之所以唸錯，主要是因為廣東話裏"祥、長、場、腸"是同音字，錯誤類推了。

記住："祝"唸作 zhù，常用的同音字有"住、柱、駐、蛀、鑄、著、助、貯、築"。"吉"唸作 jí，常用的同音字有"及、汲、急、級、極、即、棘、疾、集、輯、籍"(上述同音字也是入聲字，可見其難處)。"祥"唸作 xiáng，常用的同音字有"詳、翔、（投）降"。

九. "大補墟"在哪兒

九廣東鐵的廣播提供廣東話、英語和普通話三種語言服務。車廂裏作普通話廣播的小姐聲音甜美，發音清晰值得一讚。不過還有些錯音需要改正。

“大埔墟”應該怎麼唸？廣播唸作“下一站是大補墟”，錯了。“埔”在廣東話只有一讀——大埔（bou³）、黃埔（bou³），但在普通話卻有兩讀——大埔（bù），黃埔（pǔ）。廣播裏聽起來是bǔ，“埔”在普通話並沒有bǔ的讀法。也許廣播員是唸送氣音pǔ的，但因為送氣不夠明顯，也就變成bǔ了。不過就算是唸pǔ也是不對的。黃“埔”才唸pǔ，大“埔”要唸bù。

“請小心保管你的財物及手提電話，提防扒手”，廣播裏“手提”的“提”唸作tí是對的。但是把“提防”的“提”唸作tí，就不算太準確，充其量只能算是俗讀。字典上是標作dī的。

“為了避免擁擠，乘客請儘量走進車廂中間”，廣播裏“儘量”的“儘”唸作jìn，也是不算太準確，充其量只能算是俗讀。應該唸作jǐn，字典上也是這樣標注的。錯讀的原因是“儘量”、“盡量”，簡體字都作“盡量”了，於是誤導了很多學員，甚至老師也弄糊塗了。其實二者是不一樣的：“儘量”唸jǐngliàng，意思是“力求在一定範圍內達到最大限度，如：把你知道的儘量告訴大家”；“盡量”唸jìnliàng，意思是“達到最大限度，如：喝了半斤白酒，還沒盡量”。

其他小問題有h-k（“歡迎”唸作“寬迎”）和前後鼻音分得不夠好（“小心”唸似“小星”）。還有，“（上）水”應該唸shuǐ（shuěi），但卻唸似廣東話的shœy²。

至於用詞方面也有點兒問題：“歡迎乘搭九廣東鐵”、“請小心月台與車廂之間的空隙”兩句中的“乘搭”（口語說“乘坐”）和“月台”雖不算方言詞彙，但普通話習慣說“搭乘”、“站台”，學員應該知道這點，以便日後與北方人交流時好入鄉隨俗。最後是“及”的使用，廣播裏說“請小心保管你的財物及手提電話，提防扒手”，“及”在廣東話相當口語化，於是很多人就照搬了。殊不知“及”在普通話多用於書面語，一般說話時用“和”較合適。上述句子中的“及”應該說“和”；如果在家常式談話裏，“及”就應該說成“跟”。學員應留意普通話的這些用詞習慣。

十. “曾陰權”是誰

政務司司長曾蔭權先生也算是個知名人物，可是他的“蔭yìn”字常常被人誤讀為“陰yīn”，甚至媒體也常常唸錯。筆者就多次聽到國內電台、電視台的播音員誤讀。於是“曾蔭權”就成了“曾陰權”，不知就裏的人還以為是完全不同的兩個人呢。“蔭yìn”是好名好意的褒義詞，一音之差，使人聽起來以為是帶有貶義的——“陰yīn”多含負面詞義（陰暗、陰私、陰險、陰間等）。其實，把一般人的姓名唸錯，已經是不禮貌的了，更何況是知名人物呢。

“蔭”在普通話和廣東話都有兩讀：一讀“yīn陰/〔jɐm¹〕陰”，義為“樹陰兒”（也作“樹蔭”），常用詞有“蔭蔽、蔭翳、樹蔭、林蔭道、綠樹成蔭”。不過，它的另一個唸法“yìn印/〔jɐm³〕音及其意項則鮮為人知。《現代漢語詞典》(修訂本）指明，該字唸yìn時有三個義項——1. 沒有陽光；又涼又潮：南屋太～，這邊坐吧。2.〈書〉蔭庇。3. 封建時代由於父祖有功而給予子孫入學或任官的權利。

一般說來，北方人特別是北京人，對“蔭”用於yìn的第一義項時，都唸作yīn，可以說這是北京土音。而對於其第二、三個義項，因為時代的變遷，“四舊”的破廢，恐怕人們使用的機會已少之又少了。正因為這樣，很多人不知道“蔭”的另一個讀音yìn，有的人還以為“蔭”只有一個讀音，只是唸yīn。

總上所述，我們不難知道，為什麼“曾蔭權”的“蔭”要讀yìn，不能讀yīn。因為這“蔭”不是指“樹蔭”，而是指“蔭庇、福蔭”。一音之差就會謬以千里。唸錯了字音，不但影響詞義，很多時候還會鬧笑話呢，我們要慎之又慎。問問別人，查查字典，動動腦筋吧。

易混詞語順口溜

一

香港人在説普通話時的語音錯誤，反映在聲調、聲母、韻母三個方面。犯錯的原因有：（一）混淆了普通話的聲調，如："司機sījī"唸成"四季sìjì"。（二）混淆普通話的讀音，如："四sì"唸成"希xī"或"詩shī"。（三）遇到難讀字不會唸，就亂唸，如："襪wà"唸成"木mù"。（四）照搬廣東話的讀音，如把"敘xù"唸成"罪zuì"。（五）錯誤類推，如：因為"狗"唸gǒu，就把"九jiǔ"也唸成gǒu。針對上述情況，把常錯字和易混字歸類，編成順口溜，可幫助學員輕鬆有趣地糾音、辨音。試唸以下例子（帶底線的是糾音重點字，括號裏順序注出其拼音）。

1. 想實踐，抓時間。有時間，去實踐。（shíjiàn, shíjiān）
2. "通知"不是"同志"，"統計"別説"統治"。（tōngzhī, tóngzhì, tǒngjì, tǒngzhì）

3a. 包子是包子，報紙是報紙。報紙能包包子，包子不能包

報紙。(bāozi, bàozhǐ)

3b. 包子是包子，報紙是報紙。豹子不是報紙，包子也不能吃豹子。(bāozi, bàozhǐ, bàozi)

4. "四"不唸"戲"，"十四"唸"食肆"。"十四"不是"習試"，"四十"不是"死屍"。(sì, xì, shísì, shísì, shísì, xíshì, sìshí, sǐshī)

5. 選手們謝謝射擊冠軍，是他完成了涉及高科技的設計。(shèjī, shèjí, shèjì)

6. "戀愛"是"練愛"，"亂愛"不是"戀愛"。(liàn'ài, liàn'ài, luàn'ài)

7. 地方那麼清靜，不管是彈琴還是談情，都顯得格外親近。(qīngjìng, tánqín, tánqíng, qīnjìn)

8. "老虎"不是"勞苦"，"幸福"不是"辛苦"。打老虎就得勞苦，想幸福就要辛苦。(lǎohǔ, láokǔ, xìngfú, xīnkǔ)

9. 夫妻煩惱別哭泣，要共命運同呼吸。(fūqī, kūqì, hūxī)

10. 圖書館接到投訴，小蘇砍了旁邊的桃樹。(túshū, tóusù, Sū, táoshù)

11. "姚"就唸"餚"，"姚"不是"饒"，彼此別混淆。(yáo, yáo, ráo, xiǎo)

12. 冒名來接受任務，慕名去茂名(廣東地名)會晤大人物。(mào, wù, mù, Mào, wù, wù)

13. 肚子不是兔子，套子可以套兔子。兔子也有肚子，套子還沒套住兔子。(dù, tù, tào)

14. 導遊們都勸老杜去印度學舞蹈，但老杜怕那裏有強盜。(dǎo, dōu, Dù, dù, wǔdǎo, qiángdào)

二

前面説過，香港人在説普通話時所犯的語音錯誤，有五個原因。其中更常見的是：（一）照搬廣東話的讀音，例如把“聚 jù”唸成“罪 zuì”；（二）錯誤類推，例如因為“狗”唸 gǒu，就把“九 jiǔ”也唸成 gǒu。針對不同的情況，把常錯字和易混字歸類，編成順口溜，就能輕鬆有趣地糾音、辨音。試唸以下例子(帶底線的是糾音重點字，其中有廣東話同音字；括號裏順序注出其拼音）。

1. 賈嘉利在家煮咖喱，然後去百佳買咖啡。（Jiǎ Jiālì, jiā, gālí, Bǎijiā, kāfēi）
2. 廚房除蟲取來錘子，老徐隨時嚇壞廚子。（chú, chú, qǔ, chuí, Xú, suí）
3. 寄宿、小住需要手續，還得遵守秩序。繼續提高技術，做完手術寫好自序。（jìsù, xiǎozhù, shǒuxù, zhìxù，jìxù, jìshù, shǒushù, zìxù）
4. 小孫老孫努力拚搏，酸甜苦辣心照不宣。（Sūn, suān, xuān）
5. 人家投資你投機，炒樓透支 自討苦吃。（tóuzī, tóujī, tòuzhī, zìtǎokǔchī）
6. 月底“發工資”，並非“髮公雞”。引進“外資”，不要引進“愛滋”。（fā gōngzī, fà gōngjī, wàizī, àizī）
7. 雞場養雞賣雞腸，建好機場保吉祥。（jīchǎng, jīcháng, jīchǎng, jíxiáng）
8. 長春市小翔住院養傷，常常吃商場的雙槍牌香腸。（cháng, Xiáng, shāng, cháng, shāngchǎng, shuāngqiāng, xiāngcháng）

9. 老泉存錢要買船，凱旋故里美名傳。(Quán, cún, chuán, xuán, chuán)

10. "次"唸"賜"，"翅"不唸"氣"。"廁所"唸"測索"。"政策"別唸"淨切"。(cì, cì, chì, qì, cèsuǒ, cèsuǒ, zhèngcè, jìngqiè)

11. 住九龍，不是住狗籠。要喝酒，不要"喝走"。(Jiǔ, gǒu, jiǔ, zǒu)

12. 跟我來，不能斤我來。買一斤菜，不是買一根菜。(gēn, jīn, gēn)

13. "銳"讀作"瑞"，"瑞士"不讀"睡士"。"瘧"不是"藥"，也不唸"弱"。"曰"倒是唸"約"，"弱"倒是唸"若"。(ruì, ruì, shuì, nüè, yào, ruò, yuē, yuē, ruò, ruò)

14. "忘記"不是"忙記"，也不是"亡記"。"忘記"說作"旺季"、"妄繼"或是"望髻"。"聚餐"不是"敘餐"，也不是"罪餐"。"墜機"要讀"綴機"，"島嶼"不要讀"賭罪"。(wàngjì, mángjì, wángjì, wàngjì, wàngjì, wàngjì, wàngjì, jùcān, xùcān, zuìcān, zhuìjī, zhuìjī, dǎoyǔ, dǔzuì)

唸好數字有新法

數目字非常重要，可是學員往往唸得不好。最突出的錯誤是把“二”錯唸 ēr 、“六”唸成 liū 或 liào 、“八”錯唸 bà 、“百”錯唸 bǎ 或 bà；還有，唸不好“一”的變調。為了學好數目字和“一”的變調，可以採用以下方法。

一. 按聲調唸：

第一聲—— 1　3　7　8　千；第二聲——0　10；

第三聲—— 5　9　兩　百；第四聲—— 2　4　6　萬億。

二. 按順序唸：

0　1　2　3　4　5　6　7　8　9　10　兩百　千　萬億。

三. 唱歌唸數字（兒童歌曲，曲略）：

1　2　3，3　2　1，1　2　3　4　5　6　7，2　3　4，4　3　2，4　5　6　7　8　9　10。

四. 唸數字令：

Yí ge jiànzi tī bā tī,	一個毽子踢八踢，
Bā jiǔ shí ya, yīshiyī.	八九十呀一十一。
Èr líng liù, èr yī qī,	2 0 6, 2 1 7,

Sān yī liù, sān èr qī,	3 1 6, 3 2 7,
Sì èr liù, sì sān qī,	4 2 6, 4 3 7,
Wǔ sān liù, wǔ sì qī,	5 3 6, 5 4 7,
Liù sì liù, liù wǔ qī,	6 4 6, 6 5 7,
Qī wǔ liù, qī-liù qī,	7 5 6, 7 6 7,
Bā liù liù, bā qī qī,	8 6 6, 8 7 7,
Jiǔ qī liù, jiǔ bā qī,	9 7 6, 9 8 7,
Tīle shíyī èrshiyī,	踢了十一二十一，
Nǐ tī wǒ tī yìbǎiyī.	你踢我踢一百一。

此令可一句一句從左到右順着唸。中間八句還可豎着唸，其數字從20+11為基礎遞增；第一、四行是2—9；第二行是0—7；第三行都是6（集中練習6的發音）；第五行是1—8；第六行都是7（集中練習7的發音）。如能橫着（全部）、豎着（中間八句）多唸、快唸、背唸，相信可達糾音、糾調之目的。

另外，為了練習“2”、“8”，只需把中間八句裏第三、六豎行的“6”、“7”改換即可。同理，想練習其他數字，也可自行調整，不另贅。不過，如果要練習的數字不是“i”韻時，為着押韻就要相應調整前兩句和後兩句的末字了。

學好語音經驗談

由於廣東話的干擾（結果是常常造成錯誤類推）、缺少說普通話的社會環境、加上學習時間有限，香港人在學習普通話時，不免存在很多問題，學習效果大受影響。本文提綱挈領地分析一下本地人在語音學習方面的問題，並談談克服這些難點的經驗。

一. 唸好一聲（陰平）和四聲（去聲）

香港人對一聲和四聲感到很困難，要麼唸錯，要麼混淆。如"司機、歌星"唸成"四季、個性"。究其原因是調值唸得不到家。普通話第一聲的調值是55，即從高到高的平調；而廣東話陰平的調值往往55或53（高降）均可。學員一不留心，就會把普通話陰平唸作53，也就近似普通話的去聲51了，此其一。其二是廣東話和普通話陰平的調值雖然都定為55，可是廣東話其餘聲調的調值大多較低（上陰入55、陰平另讀53、陰上35、陰去和中陰入33、陽平21、陽上13、陽去和陽入22）；普通話其餘聲調的調值則大多較高（陽平35、上聲214、去聲51）。學員按受此影響來唸普通話的陰平，往往只有44的調值，所以出錯。

唸好第一聲的竅門是練習“唱高調”：唱歌的時候有高音、中音、低音之分，要鼓勵學員多練唱歌時的高音，把自己唸普通話陰平時的調值拔高些、延長些。至於把第四聲唸成了第一聲，原因是廣東話沒有從5到1的急降調，學員往往降得不夠徹底，只唸作53。這樣聽起來就好像是33或者55了。唸好四聲的竅門是“加重、短促、一降到底”。快速流利地朗讀順口溜、繞口令之類的材料，可以幫助學員正調、正音。試練習全是第一聲或第四聲的順口溜：1. 八八八、八八八，一加七是八；二二二、二二二，四減二是二。2. 東村家家栽花，西村家家栽瓜。東村吃西村瓜，西村插東村花。3. 運動健將鄧代富，大賽戰績個個慕，繼續奮戰鬥志旺，奧運會上破紀錄。4. 出差磋商，應該謙虛；增加資金，稍微操心。擴大貿易，慶祝勝利；贊助善事，社會受益。

二. 唸好全三聲（上聲）和二聲（陽平聲）

初學者往往把普通話的全三聲唸成二聲，或彼此混淆。原因是廣東話沒有214這樣的降升混合調（單降或單升是有的）。例如，學員唸“好”時，往往是下降的部份唸得不夠，馬上又唸上升的部份，而且唸得很高，於是就變成“豪”了。糾正辦法：找同韻的廣東話陽平字和陽上字合起來唸，並把首字的韻母唸重些。例如，唸廣東話“麻＋雅（要去掉-ng）”，“麻”重些、“雅”輕些，整個音唸出來就是普通話的“馬”了。又例如：廣東話“華＋雅（要去掉-ng）”“拿＋雅（要去掉-ng）”

"茶＋雅（要去掉-ng）"，整個音唸出來就分別相當於普通話的"瓦"、"哪"、"(褲) 衩"。還有，廣東話"由＋偶"、"謀＋偶"、"流＋偶"、"浮＋偶"，整個音唸出來就分別相當於普通話的"有"、"某"、"摟"、"否"。

相反地，也有人把二聲唸成三聲，例如，"有錢、發財"唸成"由淺、發彩"。原因一是受廣東話影響——"錢"口語音同"淺"；"財"與"彩"則音近；二是發音時，上升部份拉得不夠長所致——應為5度，只唸到4度。可以對比廣東話的"苦、婦""粉、奮"，廣東話"苦、粉"的調值與普通話第二聲相當，都是35，而廣東話"婦、奮"則與普通話第三聲類似。糾正辦法是，弄清自己問題所在，多唸二聲字的組合，如：和平勤勞、離別重逢、豪情昂揚、維持繁榮。

三. 唸好三聲（上聲）連讀變調

第三聲的唸法比較繁複，可以變讀為第二聲或半三聲。分三種情況詳述如下：

(一) 二字格

1. 三聲＋三聲⟶二聲＋半三聲 (不加強調，調值21) 或全三聲(加以強調，調值214)，用符號表示可作ˊ ˛或ˊ ˇ。例如：演講、所以、很好、早晚。要注意的是，這裏所說的第一字變讀為第二聲是個籠統的說法，實際上應變讀為"直上(調值24)"，因為很像第二聲（調值35），我們可以簡單、籠統說"變讀為第二聲"。以下同此。

2. 三聲＋某些三聲變來的輕聲⟶二聲＋輕聲，用符號表示可作ˊ ·。例如：小姐、法子、指甲、晌午、哪裏、點補、打點。注意，“寶寶、打扮、顯擺”可以照這個格式唸，顯得莊重些、文雅些（比較第3項）。另外“主意 zhǔyi”常唸作 zhúyi。

3. 三聲＋某些三聲變來的輕聲⟶半三聲＋輕聲，用符號表示可作 ㇄·。例如，耳朵、晚上、委屈、囑咐、主人、啞巴、椅子。注意，“寶寶、打扮、顯擺”可以照這個格式唸，顯得更口語化、更活潑（比較第2項）。

4. 單音節三聲動詞重疊⟶二聲＋輕聲，用符號表示可作 ˊ ·。例如：走走、洗洗、想想、寫寫。

5. 單音節三聲名詞重疊⟶半三聲＋輕聲，用符號表示可作 ㇄·。例如：姐姐、奶奶、姥姥、癢癢、寶寶（這個詞也可以照 ˊ · 的格式唸，但不夠口語化。參看第2項）。

（二）三字格

1. A＋BC 式（末字非輕聲）⟶半三聲＋二聲＋半三聲（不加強調）或全三聲（加以強調），用符號表示可作 ㇄ ˊ ㇄ 或 ㇄ ˊ ˇ。例如：死老虎、小組長、早洗澡、買雨傘。

2. A＋BC 式（末字輕聲）⟶二聲＋半三聲＋輕聲，用符號表示可作 ˊ ㇄·。例如：老奶奶、小尾巴、小伙子、狗腿子、好耳朵、買餃子、可馬虎（如“他做事可馬虎了”）。

3. AB＋C式（末字非輕聲）⟶二聲＋二聲＋半三聲（不加強調）或全三聲（加以加調），用符號表示可作 ˊ ˊ ㇄ 或 ˊ ˊ ˇ。例如：展覽館、演講稿、選舉法、洗臉水、了解你。

4. ABC（一個整體）⟶二聲＋二聲＋半三聲（不加強調）或全三聲（加以強調），用符號表示可作 ˊ ˊ ㇄ 或 ˊ ˊ ˇ。例如：九九九、五五五、甲乙丙。

（三）多字連讀

多個三聲字在句中連讀時，可以按慢讀或快讀作不同處理。

1. 慢讀：根據意思分成二字組或三字組，再按上述規則變調。如果最後一個字無需強調，就變讀為半三聲；需要強調，就唸全三聲。

不加強調

豈有ˊ ㇄ | 此理ˊ ㇄

請你ˊ ㇄ | 給我ˊ ㇄ | 點火把ˇ ˊ ㇄

我㇄ | 很想ˊ ㇄ | 買㇄ | 兩把傘ˊ ˊ ㇄

加以強調

豈有ˊ ㇄ | 此理ˊ ˇ

請你ˊ ㇄ | 給我ˊ ㇄ | 點火把㇄ ˊ ˇ

我㇄ | 很想ˊ ㇄ | 買㇄ | 兩把傘ˊ ˊ ˇ

2. 快讀：無須分組，前幾個字都變讀為第二聲，如果最後一個字無需強調，就變讀為半三聲；需要強調，就唸全三聲。

不加強調

豈有此理ˊ ˊ ˊ ㇄

請你給我點火把ˊ ˊ ˊ ˊ ˊ ˊ ㇄

我很想買兩把傘ˊ ˊ ˊ ˊ ˊ ˊ ㇄

加以強調

豈有此理ˊ ˊ ˊ ˇ

請你給我點火把ˊ ˊ ˊ ˊ ˊ ˊ ˇ

我很想買兩把傘ˊ ˊ ˊ ˊ ˊ ˊ ˇ

總的說來，三聲字只有在獨用、句中或句末需要強調時，才唸全三聲；通常都是變讀為二聲或半三聲的。

四. 唸好“一”和“不”

“一”這個字有變調和變音；而“不”有變調，沒有變音。如果唸錯了，聽和説都會很彆扭，給人一種不地道的感覺。竅門是：1. 記住“一”有五種讀法；“不”只有三種（見下表）。2. “一”的原調是第一聲，而“不”的原調是第四聲（不少人誤作第一聲）。3. 根據不同讀法用其同音字去唸。4. 善用以下一覽表。

	yī“衣”	yí“咦”	yì“易”	yi 輕聲	yāo“夭”
一	單用：一二三 詞末：統一 序數：一九九一 兩位以上號碼通常讀法： 14 103 P5618 25871521	四聲前： 一個	一、二、三聲前： 一天 一年 一本	詞語中： 看一看	兩位以上號碼口語讀法： 14 103 P5618 25871521
不	／	bú“醭”	bù“步”	bu 輕聲	／
	／	四聲前： 不去 不像	一、二、三聲前： 不酸 不甜 不苦	詞語中： 好不好	／

五. 唸好“輕聲”和“兒化”

廣東話沒有輕聲和兒化，這是港人學習普通話時的又一個困難。不過，唸好了可以使自己的普通話顯得更地道，這是需要給學員指出的。

學員唸輕聲時往往錯在輕重音節的對比不夠明顯、強烈，因此聽起來好像沒有輕讀。老師可以要求學員把重讀音節加強些、拖長些，就好像音樂拍子的一拍半，後面的音節就唸短些(半拍)、弱些。另外輕聲的調值也不宜只籠統地說唸得又輕又短，要根據前一字的調值，唸成或高、或中、或低(詳情請參閱"什麼是輕聲"一文，載拙著《香港人學習普通話》)。例如：說普通話"我媽媽"，末字"媽"很多人唸成廣東話的"麻(21)"就太低了，應唸成廣東話的"嗎(33)"。

至於兒化，首先要讓學員弄清楚"兒韻"、"兒韻字"、"兒化"、"兒化韻"這幾個概念。"兒韻"是特別韻母er，它只單獨使用，不能與聲母相拼。"兒韻字"很少，沒有第一聲的其他聲調常用字如"兒、爾、耳、餌、二"等。"兒化"指的是在韻母後面捲舌，這樣的韻母就叫做"兒化韻"。"兒韻"只有一個er，"兒化韻"就多了，幾乎每個韻母都可以捲舌構成"兒化韻"(含有兒化韻的詞就叫兒化詞)，這是北京話的特點。拙著《香港人學習普通話》中"重要的變調"一文有詳細介紹，可參閱。

學員唸不好"兒韻"er，主要是不會唸e，往往用廣東話œ("靴"的韻母)去代替，可以要求學員把e和r都拖長來唸，唸準了再加快縮短，合而為一。另外，er可以唸做ar，這就比較好唸了。至於兒化韻，掌握了變化規則後，關鍵在於自然地翹舌，一邊唸前面的韻母，一邊稍微翹一下舌頭就可以了。還有兒化韻一般要連讀，例如"點兒"要唸成diǎnr，不是diǎn ér。表示事物的兒化詞，通常要連讀，例如"馬兒"唸mǎr，只是在唸詩、唱歌時，可以說mǎ'er。

六. 唸好形容詞生動形式

單音或雙音形容詞、單音形容詞詞尾、某些雙音動詞重疊使用時，在口語裏常有變調。例如：

例詞	一般讀法	口語讀法
美美的	měiměide	měimēirde
清清靜靜	qīngqīngjìngjìng	qīngqingjīngjīngr
沉甸甸	chéndiàndiàn	chéndiāndiān
商商量量	shāngshāngliángliáng	shāngshangliāngliāngr

注：“兒”可以不寫出來。

這樣的變調統稱“形容詞生動形式”，可以使語言更生動、更活潑、更口語化，掌握好是很必要的。拙著《香港人學習普通話》中“重要的變調”一文有詳細介紹，可參閱。

七. 唸好j、q、x、zh、ch、sh、r和 z、c、s

這三組音是學員的難點，例如“死”“洗”相混，“公雞”“工資”不分等。不過，這三組音的難易情況不一樣。雖然廣東話沒有翹舌音，但zh、ch、sh、r應該不是太難的，香港人英語水平高，可利用英語裏的近似音幫忙。另外，廣東話有dz、ts、s，是跟普通話j、q、x差不多的。難點在於z、c、s，學員不習慣發舌齒音，往往“跑氣（廣東話‘漏氣’）”。於是“次”就説成了“氣”，“四”就唸成了“戲”。要唸好z、c、s，關鍵在於舌尖抵住下齒背，舌面抵住上齒背，口腔內氣流從舌尖摩擦而出。可以給學員講清楚發音部位，要求多聽多模仿，同時對比j、q、x的發音。還應配合適當的繞口令，加以練習，例如“西施死時四十四，四十四時西施死”、“西紅柿子炒雞子兒（雞蛋），自己炒自己吃”就挺風趣，行之有效。

不過，説到這兒只是問題的一半。學員會唸這些音之後，最大的問題是不知道某一個漢字應唸哪一組的哪一個音。例如“西施”是唸 xīshī、sīsī 還是 xīxī 呢？這除了讓學生翻查字典外，我們可以提供“辨音字表”，使學員一目了然，既可練音、糾音，又可對比辨正。以下是“辨音字表”的樣本（拙著《廣州話．普通話的對比與教學》中有詳細的“辨音字表”），可參閱。

j － z － zh 辨正

	j	z	zh
一聲	鷄几機擊基幾幾乎……	資諮滋孜齜仔仔肩……	知支肢肢體隻織……
二聲	及極疾即急集輯……	／	直執職侄躑蹠……
三聲	幾幾天擠己給供給……	子仔仔細姊紫滓……	只止址旨指紙……
四聲	計忌技季既寄際……	自字漬恣……	至稚志秩製質……
輕聲	／	／	肢胳肢

還有，很多學員把 r 唸成 rü，這是不對的。其實，普通話只有 rú、rǔ、rù（rū 沒有字），沒有 rǖ、rǘ、rǚ、rǜ（r 不能跟 ü 相拼），不能用廣東話去套。另外，r 也不能唸成 rou（rōu、rǒu 沒有字；róu 只有“柔、揉、蹂”等幾個字，ròu 只有“肉”一個字）。

八. 唸好前後鼻音

-n 是前鼻音，-ng 是後鼻音，廣東話、普通話、英語都有，發音也基本一樣。問題是不少本地人説廣東話時也唸不好、分辨不開，常常把後鼻音唸成前鼻音，如把“恆生銀行”唸作“痕身銀寒”。於是説普通話時也就犯同樣的錯誤。糾正的辦法是，唸後鼻音時嘴巴張大些，把音拖長些，這樣才能使舌頭後縮，舌根上升，軟顎下降，正確發音。相反地，唸前鼻音時，則不必張大嘴巴，把舌頭往上齒背輕輕一放即可。多唸一些含有前後鼻音的詞語，會有幫助。例如：攀登頂峰、繁榮興旺、陳方安生（人名）、恆生銀行。

另外，要注意廣東話含有〔-m、-n、-ng〕的字在普通話的對應規律。廣東話含有〔-m〕的，普通話絕大部份對應為 -n，例如，甜、鹹、敢、閃。至於〔-n、-ng〕，絕大部份是相同的：廣東話是〔-n〕，普通話也是 -n；廣東話是〔-ng〕，普通話也是-ng。不過要記住有十多個常用字是例外的，羅列如下：

廣東話〔-m〕 ⟶普通話 -ng 泵、（乒）乓。

廣東話〔-n〕 ⟶普通話 -ng 檳（榔）、稟、（肥）胖、親（家）、窘。

廣東話〔-ng〕 ⟶普通話 -n 貞、偵、亙、肯、馨、認、拎、皿、拼、姘、聘、稱（職）。

九. 唸好 h 和 k

有些學員分不開 h 和 k，“喝水”唸成“科水”、“花費”唸成“誇費”、“壞人”唸成“快人”。原因是透出的氣流太急、太強了。糾正辦法是，唸h時拖長些、柔和些，切忌發成爆破音，特別是含有hu-的音節更是這樣。以下詞語可供練習。1. 唸好h：憨厚、浩瀚、火花、繪畫、混合、懷恨、緩和、恍惚。2. 唸好k：慷慨、苛刻、可靠、可口、剋扣、空曠、誇口、寬闊、框框、曠課、虧空。3. h、k對比：開會、看護、抗衡、坑害、空幻、恐慌、口號、苦難、考核、可恨、困惑、括號。

十. 唸好a和e

有些學員分不開an（安）和en（恩），把“板、然”唸成了“本、人”，原因是唸an時嘴巴張開得不夠大，音拉得不夠長，需要注意。相反地，唸en時，嘴巴不需張開很大，發音較短。以下詞語可供對比練習：版本、半笨、感憤、乾粉、漢人、盤問、深山、荏苒、站穩。ang和eng的區別同此理，不贅述。

另外有些學員不會唸e，往往唸成廣東話的〔œ〕(“靴”的韻母)，原因是受廣東話影響，發音時把嘴巴伸出來了——普通話的e發音時嘴角要往兩旁展開，像微笑的樣子。以下順口溜可供練習：哥哥趕着一群鵝，折騰(zhēténg)口渴肚子餓，殺了這鵝宰那鵝，鵝飛、鵝跑、鵝跳河。

十一. 唸好ing

ing這個音，從形式上(符號上)廣東話與普通話一樣，但是要注意彼此在發音上是有不同的——廣東話〔ing（英）〕裏的i較硬、較短，有摩擦；而普通話ing（英）裏的i相反，較長、較軟，沒有摩擦，與英語we（我們）中的e相似。唸好普通話ing的關鍵是，當中的i要唸長些，學員一點即明。

十二. 唸好ao和ou

不少學員往往混淆ao（澳、拗口）和ou（歐），於是“都（市）”就錯讀“刀（市）”，“逃”就錯讀“頭”，“澳洲”“歐洲”分不開。糾正辦法是，注意掌握要領——普通話的ao由a到o，嘴形滑動較大、較明顯；唸ou時嘴形則較小，滑動也較小。其實，廣東話也有這些音，不過所用的音標有同有異。相應地，廣東話的〔ao（拗，常寫為au）〕與普通話ao（澳）類似，但是沒有普通話ao（澳）的滑動大；廣東話的〔ou（奥）〕、〔ɐu（歐）〕則與普通話相同，但是普通話只用一個音標ou（歐）代表這兩個音，例如：dōu——都〔dou〕（來了）、兜〔dɐu〕。

最後，要注意廣東話ao、ou在普通話的對應。

廣東話〔au（ao）拗〕⟶普通話ao（澳），如：拗（拗口）、爆、鬧、找。⟶iao，如：交、校、酵咬。⟶ou，如：吼、肘。⟶u，如：牡。⟶iu，如：拗（執拗）。

廣東話〔ou（澳）〕⟶普通話ou（歐），如：都（都來了）。⟶ao，如：澳、報、刀、濤；⟶u，如：粗、努、模（樣）、都（首都）。⟶uo，如：措、做。⟶ü，如：驢、鬚。⟶o，如：噢、模（型）。

廣東話〔ɐu（歐）〕⟶普通話ou（歐），如：歐、收、偷、周。⟶o，如：噢。⟶iu，如：糾、劉、秋、謬。⟶u，如：埠、浮、畝、嗽。⟶ao，如：貿。

十三. 唸好ei、ie、ue

有些學員弄不清楚ei、ie、üe中e的發音。這裏的e不是單韻母e（餓）。ei裏的e介於ê和中央元音〔e〕，直音字有“欸”，但是較少用，可以通過“碑”分解出來。不過籠統地告訴學員ê裏的e唸作ê，就可以了。而ie、ue裏的e就是特殊韻母ê，是i＋ê、ü＋ê拼讀出來的，只不過省去了ê上的帽子和ü上頭的兩點，直音字有耶、約。

十四. 唸好ian、uan

有些學員問，這裏的a應該如何發音。其實這裏的a通常唸成ê。ian就唸“煙”，üan就唸“冤”，如：肩、天、先、尖；捐、圈（子）、宣、冤。這是因為a在發音時受到前面的i影響，嘴形變小了，嘴形滑動不明顯。實際讀音是i＋ên和ü＋ên，特別是在日常會話裏往往是這樣。不過，ian、üan的發音，為了字正腔圓，在唱歌、戲曲等嘴形滑動較大，仍可唸作i＋an、ü＋an。

十五. 唸好介音-i-、-u-、-ü-

先說介音-u-、-ü-它們作介音時，發音對本地學員不大困難。要注意的是，嘴巴要突出、撮圓，把-u-、-ü-唸得清楚些。因為廣東話〔gw〕〔kw〕（如：瓜、誇）中的〔w〕只是與普通話介音-u-相似，嘴形不太突出，不夠攏圓。另外，發音相當於普通話ü的廣東話〔y〕，只作韻母，不作介音。這都不利本地學員唸好普通話的介音 -u-、-ü-。

至於介音 -i-，很多人會漏唸或多唸。原因是廣東話〔i〕只作韻母，不作介音。所以本地學員就往往漏掉介音 -i- 了。例如："家"誤唸 jā（普通話沒有這樣的音），"亮"誤唸 làng（浪）。要注意，介音 -i- 必須唸得長些、重些，這樣就不會漏掉了。例如唸"家"、"亮"，ji-、Li-要加長、要清晰，ā、àng 則較重。還有，要記住 zh、ch、sh、r、z、c、s 是不能與介音 -i- 搭配的，這樣就不會唸出多加了介音 -i- 的 zhiao、chiang、zhiu、chiu 等錯音了。

十六. 正確使用隔音字母和隔音符號

y，w 是隔音字母，發音與 i，u 相同。當齊齒呼、合口呼、撮口呼韻母（i，u，ü行韻母）前無聲母，即單獨使用時，為了避免與上一個音節混淆，就要改換或添加 y，w。如"大意dàyì、發音fāyīn、貪污tānwū、港灣gǎngwān、大禹dàyǔ、締約 dìyuē"，請參閱附錄一。詳細變化如下：

i，in，ing+y，即 yi，yin，ying；而 ia，io，ie，iao，iou，ian，iang，iong 則改 i 為 y，即 ya，yo，ye，yao，you，yan，yang，yong。

ü，üe，üan，ün+y，並去掉ü上面的兩點，即 yu，yue，yuan，yun。

u+w，即 wu；而 ua，uo，uai，uei，uan，uen，uang，ueng則改u為w，即wa，wo，wai，wei，wan，wen，wang，weng。

在內地，也有把 y，w 當作聲母來教學的，那麼聲母就是 23 個了。

於此不同，a，o，e開頭的音節如果與前邊音節界限混淆，要用隔音符號“ ’ ”隔開。如“西安xī’ān”（比較“先xiān”）。

十七. 掌握標調規則

有些學員感到聲調符號標寫的規則比較麻煩。我們一方面要解釋清楚聲調符號的作用，另一方面要讓學員掌握背記標寫先後順序的方法。首先，不同的符號代表不同的聲調；聲調符號指明一個音節裏的重音所在，一個音節只能有一個調號。其次，調號不能標寫在聲母上面，只能標寫在音節中最響亮的韻母上。普通話單韻母有a、o、e(ê)、i、u、ü七個，前一個比後一個更響亮，我們按照這樣的順序找出需要標寫的韻母，把調號寫在韻母上就行了。

這裡介紹兩個標調歌，可以幫助學員記住標調規則。（一）有a不放過，無a找o、e(ê)，i、u並列標在後，單個韻母不用說。（二）a、o、e(ê)、i、u、ü，標調選擇按順序。i上有調查抹去點（即ī，í，ǐ，ì），iu、ui並列後邊取（即iū，iú，iǔ，iù；uī，uí，uǐ，uì）。重點是記住，含有ie，üe的要標在e（即ê）上；含有iu的，要標在u上；含有ui的，就要標在i上。

試看錯例及其改正：

錯例	ǧai	gaǒ	nían	shaǒ	jíe	qūe	zhūo	shǔi	jìu
改正	gǎi	gǎo	nián	shǎo	jié	quē	zhuō	shuǐ	jiù

十八. 學好漢語拼音

漢語拼音是正音和糾音的工具，又是拼寫中國人名、地名的標準符號，理應學好。不過，長期以來學員的拼音能力都很差，這是因為過去缺乏這方面的訓練，基礎差；現在要學習拼音，又往往不得其法，感到困難重重。

拼音技巧主要指拼讀和譯寫兩個方面。拼讀就是看着拼音字詞，正確流利地讀出來。這是個結合過程，需要快速。訣竅是：聲母輕，韻母重；快速相連猛一碰。例如：看到jiāng，要把 j-i-ang 快速連讀，j 要較輕，i 要較明顯，āng 要較重。

譯寫是聽到一個字音或看到一個漢字後，把它的拼音字母寫出來，即聽譯或視譯。譯寫比拼讀難得多。與拼讀相反，這是個分解過程，需要慢速拖長聽到的字音，然後把它分解開來。訣竅是：聲母長，韻母重；緩慢分解逐個用。例如：聽見 jiāng，要把這個音重複多次，緩慢拖長，分解為 j-j-j，i-i-i-，āng-āng-āng，然後逐個寫出來。譯寫的另一種形式是視譯，這是最困難的了。看到一個漢字之後，如果知道怎麼唸，就可以按照上述辦法唸出來、寫出來；但是如果不知道怎麼唸，當然就不知道怎麼寫，那就只好請教字典了。

學好拼音、掌握拼音的竅門，首先是背誦、默寫聲韻母及其代表漢字，只有能流利背誦、默寫這些零件，才能得心應手地構築部件——音節。附錄一列出了所有這些零件。韻母還按四呼排列，並指明其中的音變和默記竅門，可參考。另外，在初學階段，要求學員製作拼音卡片，是個行之有效的辦法，此舉可使他們隨時隨地、靈活機動地學習拼音。第二步要熟讀“北京語音表”（參看附錄二），這個表包含四百多個不帶聲調的基本音節及其代表漢字，可以說，普通話所有的發音都囊括了。如果學員每個音節都會讀會寫，再加上掌握三聲字和

“一”“不”的讀法，普通話的發音也就學得差不多了。與此同時，可利用附錄三作自我測驗，記住哪些是可拼讀音節，哪些是不能拼讀的音節（寫出或唸出這樣的音節就是錯的了）第三步是多讀拼音文章、多做譯寫練習，以便鞏固發音基本功，提高拼音水平。如此下去，假以時日，發音、拼音關一定可以闖過去。

十九. 使自己的語音更地道

要想語音更地道，首先要做到發音準確、咬字清楚。其次就是説話要流利、連貫、有節奏感，避免逐字説話、平鋪直敘；掌握普通話的調調兒，避免用廣東話的習慣和腔調説話。這樣人家聽起來，就覺得地道、有普通話的味兒了。

想避免廣東話的説話習慣和腔調，一定要學好輕聲、兒化。輕聲、兒化是在説話語流中的變調變音，結合着三聲變調、“一”“不”變調以及其他語音變化，一方面極大地豐富了普通話的語音系統，使普通話更抑揚頓挫、悦耳動聽。另一方面，輕聲、兒化常常加添詞彙和語法意義。廣東話沒有輕聲、兒化，學員一定感到困難重重，要在學懂理論之後，通過大量聽説，加以模仿。

另外，還要唸好詞語的輕重音——這指的是音量的大小，即聲音的強弱，與輕聲有所不同。按照輕重音可以把音節分為重音音節和輕音音節，重音音節音量大，音量的增強會使主要元音變得長些，聲調調值特別分明或者顯得高些。輕音音節音量小，除了使聲調模糊外，還使元音變得輕短，以至弱化。比方，“頭”在“石頭、頭髮、車頭”中，分別唸輕音、中音和重音，彼此的音量顯然不同。

另外，音節較多或較少也會影響詞語的輕重音：1. 雙音節詞，如果詞末不是輕聲，就唸“中重”格式。例如：圖書、美麗、有理、電燈。如果詞末是輕聲，就唸“重輕”格式。例如：知道、前頭、奶奶、意思。2. 三音節詞，如果詞末不是輕聲，就唸“中輕重”格式。例如：圖書館、天安門、冰淇淋、打字機、三明治。如果詞末是輕聲，就唸“中重輕”格式。例如：老頭子、小啞巴、大窗戶。3. 四音節詞，多唸“中輕中重”格式，例如：一馬當先、所向無敵、拼音字母、花紅柳綠。

不過，要想唸出個調調兒、“有味兒”，非經過長期實踐不可。最理想的就是在講普通話的語言環境裏生活一段時間。如果不可能，那就得靠自己多聽、多練、多模仿了。

小結

以上根據自己的教學經驗，針對本地人學習普通話語音的難點，從十九個方面提出了問題和解決方法。語音教學應該遵循精講多練的原則，生動活潑地進行，關鍵在於多聽、多説、多模仿。

附錄一　聲韻母記憶竅門

(一) 順序默寫21個聲母及其代表字

1. b 玻　2. p 坡　3. m 摸　4. f 佛　5. d 德　6. t 特
7. n 訥　8. l 勒　9. g 哥　10. k 科　11. h 喝　12. j 基
13. q 欺　14. x 希　15. zh 知　16. ch 吃　17. sh 詩　18. r 日
19. z 資　20. c 疵　21. s 思

(二) 順序默寫38個韻母及其代表字

開口呼 不與j,q,x直接相拼	齊齒呼	合口呼	撮口呼 只拼j,q,x,n,l
	拼音用/ 獨用/ （原形）	拼音用/ 獨用/ （原形）	拼音用/ 獨用
	△ 15. i，yi 衣	△ 26. u，wu 烏	△ 35. ü，yu 迂
△ 1. a 啊	16. ia，ya 呀	27. ua，wa 蛙	
2. o 噢	17. io，yo 唷	28. uo，wo 窩	
3. e 鵝			
4. ê 誒	18. ie，ye 耶		36. üe，yue 曰
5. er 兒			
△ 6. ai 哀		29. uai，wai 歪	
7. ei（碑）		30. ui，wei (uei) 威	
8. ao 熬	19. iao，yao 腰		
9. ou 歐	20. iu，you (iou) 優		
△ 10. an 安	△ 21. ian，yan 煙	△ 31. uan，wan 彎	37. üan，yuan 冤
11. en 奀	22. in，yin 因	32. un，wen (uen) 溫	38. ün，yun 暈
12. ang 骯	23. iang，yang 央	33. uang，wang 汪	
13. eng（亨）	24. ing，ying 英	34. ueng，weng 翁	
14. ong（工）	25. iong，yong 擁		

説明：

(一) 背記聲母和韻母，分組進行效果較好。

(二) 聲母表中，例字去掉韻母才是聲母的實際發音。

(三) 韻母表中，“碑、亨、工”去掉聲母才是 ei 、 eng 、 ong 的實際發音。

(四) 開口呼韻母不能與 j，q，x，y 相拼。

(五) No.14：ong (工) 的發音相當於ung，但是漢語拼音沒有ung的寫法。

(六) 撮口呼韻母 ü，üe，üan，ün 只與 j、q、x、y、n、l 相拼，並寫成 u。

(七) No.18：ie，ye ——唸 iê，yê“耶”。

No.21：ian，yan ——唸 iên，yên“煙”。

No.36：üe，yue ——唸 üê，yüê“曰”。

No.37：üan，yuan ——唸 üên，yüên “冤”。

(八) No.20：iu，you(iou)——讀音一樣，iu 用於與聲母相拼，如“推 tuī”。

you 用於前無聲母，即單獨使用時，如“有 yǒu”。iou 是原形，拼音中無用。

No.30：ui，wei(uei)——讀音一樣，ui 用於與聲相拼，如“水 shuǐ”。

wei 用於前無聲母，即單獨使用時，如“衛 wèi”。uei 是原形，拼音中無用。

No.32：un，wen(uen)——讀音一樣，un 用於與聲相拼，如“吞 tūn”。

wen 用於前無聲母，即單獨使用時，如“溫 wēn”。uen 是原形，拼音中無用。

(九) 對比：No.31：uan 是 u 烏 + an 安 ⟶ “彎”。

No.37：üan 是 ü 迂 + an(ên) ⟶ “冤”。

(十) 對比：No.32：un 是 u 烏 + en 奀⟶ “溫”。

No.38：ün 是 ü 迂 + n ⟶ “暈”。

(十一) y，w 發音與 i，u 相同，是隔音字母。當齊齒呼、合口呼、撮口呼韻母 (i，u，ü 行韻母) 前無聲母，即單獨使用時，為了避免與上一個音節混淆，就要改換或添加 y。如“大意 dàyì 、發音 fāyīn 、貪污 tānwū 、港灣 gǎngwān 、大禹 dàyǔ 、締約 dìyuē”。

在大陸，也有把y，w當作聲母來進行教學的，那麼聲母就是23個了。

(十二) a，o，e 開頭的音節如果與前邊音節界限混淆，要用隔音符號“'”隔開。如“西安 xī'ān”(比較“先 xiān”)。

附錄二

韻母/聲母	一、開口呼															二、齊				
	a 啊	o 噢	e 鵝	ê 誒	-i	er 兒	ai 埃	ei 誒	ao 凹	ou 歐	an 安	en 奀	ang 骯	eng (亨)	ong (工)	i 衣	ia 呀	iao 腰	io 唷	ie 耶
b 波	ba 巴	bo 波					bai 掰	bei 卑	bao 包		ban 班	ben 奔	bang 幫	beng 崩		bi 逼		biao 標		bie 憋
p 坡	pa 趴	po 坡					pai 拍	pei 呸	pao 拋	pou 剖	pan 潘	ben 噴	pang 乓	peng 烹		pi 批		piao 飄		pie 瞥
m 摸	ma 媽	mo 摸	me 麼				mái 埋	méi 眉	mao 貓	mou 哞	man 顢	men 悶	mang 忙	meng 矇		mi 咪		miao 喵		mie 咩
f 佛	fa 發	fó 佛						fei 飛		fǒu 否	fan 番	fen 分	fang 方	feng 風						
d 得	dǎ 打		dé 得				dai 呆	děi 得(虧)	dao 刀	dou 兜	dan 單	dèn 扽	dang 當	deng 登	dong 冬	di 低		diao 刁		die 爹
t 特	ta 他		tè 特				tai 胎	tei 忒(小)	tao 滔	tou 偷	tan 攤		tang 湯	teng (慢)騰騰	tong 通	ti 梯		tiao 挑(選)		tie 貼
n 呢	na 拿		ne 呢				nǎi 乃	něi 餒	nao 孬	nòu 耨	nán 男	nèn 嫩	nang 囔	neng 能	nóng 農	ni 妮		niǎo 鳥		nie 捏
l 了	la 啦		le 了				lái 來	lei 勒(緊)	lao 撈	lou 瞜	lán 蘭		lang 啷	leng 棱(角)	long 窿	li 哩	liǎ 倆	liao 撩		lie 咧
g 哥	ga 咖		ge 哥				gai 該	gěi 給(錢)	gao 高	gou 溝	gan 甘	gen 跟	gang 剛	geng 庚	gong 工					
k 科	ka 喀		ke 科				kai 開	kei 剋(人)	kǎo 考	kou 摳	kan 刊	kěn 肯	kang 康	keng 坑	kong 空					
h 喝	ha 哈		he 喝				hai 嗨	hei 黑	hao 蒿	hóu 喉	han 酣	hén 痕	hang 夯	heng 亨	hong 烘					
j 基																ji 基	jia 家	jiao 交		jie 街
q 七																qi 七	qia 掐	qiao 敲		qie 切
x 希																xi 希	xia 蝦	xiao 消		xie 歇
zh 知	zha 渣		zhe 遮		zhi 知		zhai 齋	zhèi 這	zhao 招	zhou 周	zhan 沾	zhen 真	zhang 張	zheng 爭	zhong 中					
ch 吃	cha 叉		che 車		chi 吃		chai 釵		chao 超	chou 抽	chan 摻	chen 抻	chang 昌	cheng 撐	chong 充					
sh 詩	sha 沙		she 奢		shi 詩		shai 篩	shéi 誰	shao 筲	shou 收	shan 山	shen 申	shang 商	sheng 生						
r 日			rè 熱		ri 日				ráo 饒	róu 柔	rán 然	ren 人	rang 嚷(嚷)	reng 扔	róng 容					
z 資	zá 咂		zé 責		zi 資		zai 災	zéi 賊	zao 糟	zou 鄒	zan 簪	zěn 怎	zang 髒	zeng 曾	zong 宗					
c 疵	ca 擦		cè 冊		ci 疵		cai 猜	cèi 瓻	cao 操	còu 湊	can 餐	cen 參(差)	cang 倉	ceng 噌	cong 匆					
s 思	sa 仨		sè 嗇		si 思		sai 腮		sao 騷	sou 搜	san 三	sen 森	sang 桑	seng 僧	song 鬆					
0	a 啊	o 噢	e 鵝	ê 誒	-i	er 兒	ai 埃	ei 誒	ao 凹	ou 歐	an 安	en 奀	ang 骯	eng (亨)	ong (工)	yi 衣	ya 呀	yao 腰	yo 唷	ye 耶

北京語音表

＊曾子凡改編。表中例字首選陰平聲。

齒呼						三、合口呼									四、撮口呼			
iou 憂	ian 煙	in 因	iang 央	ing 英	iong 雍	u 污	ua 蛙	uo 窩	uai 歪	uei 威	uan 彎	uen 溫	uang 汪	ueng 翁	ü 迂	üe 約	uan 冤	un 暈
	bian 邊	bin 賓		bing 兵		bu 逋												
	pian 篇	pin 拼		ping 乒		pu 撲												
miù 謬	mián 棉	mín 民		míng 明		mǔ 母												
						fu 夫												
diu 丟	dian 顛			ding 丁		du 督		duo 多		dui 堆	duan 端	dun 敦						
	tian 天			ting 聽		tu 突		tuo 拖		tui 推	tuan 湍	tun 吞						
niu 妞	nian 拈	nín 您	niáng 娘	níng 凝		nú 奴		nuó 挪			nuǎn 暖				nǚ 女	nüè 虐		
liu 溜	lián 連	lin 拎	liáng 良	líng 玲		lu 嚕		luo 囉(嗦)			luǎn 卵	lun 掄(拳)			lǚ 呂	lüè 略		
						gu 姑	gua 瓜	guo 鍋	guai 乖	gui 規	guan 官	gǔn 滾	guang 光					
						ku 枯	kua 誇	kuò 闊	kuài 快	kui 虧	kuan 寬	kun 坤	kuang 匡					
						hu 呼	hua 花	huo 豁(口)	huài 壞	hui 灰	huan 歡	hun 昏	huang 荒					
jiu 揪	jian 尖	jin 今	jiang 江	jing 京	jiǒng 炯										ju 居	jue 撅	juan 捐	jun 君
qiu 秋	qian 千	qin 欽	qiang 槍	qing 青	qióng 窮										qu 驅	que 缺	quan 圈	qún 群
xiu 休	xian 先	xin 欣	xiang 香	xing 星	xiong 凶										xu 虛	xue 靴	xuan 宣	xun 勛
						zhu 朱	zhua 抓	zhuo 捉	zhuai 拽	zhui 追	zhuan 專	zhun 諄	zhuang 莊					
						chu 初	chua 欻	chuo 戳	chuai 揣(手)	chui 吹	chuan 穿	chun 春	chuang 窗					
						shu 書	shua 刷(洗)	shuo 說	shuai 衰	shuí 誰	shuan 閂	shǔn 吮	shuang 雙					
						rú 如	ruá 挼	ruò 弱		ruì 銳	ruǎn 軟	rùn 潤						
						zu 租		zuo 嘬(奶)		zuǐ 嘴	zuan 鑽(研)	zun 尊						
						cu 粗		cuo 搓		cui 崔	cuan 躥	cun 村						
						su 蘇		suo 梭		sui 雖	suan 酸	sun 孫						
you 憂	yan 煙	yin 因	yang 央	ying 英	yong 雍	wu 污	wa 蛙	wo 窩	wai 歪	wei 威	wan 彎	wen 溫	wang 汪	weng 翁	yu 迂	yue 約	yuan 冤	yun 暈

附錄三　聲韻母搭

四呼 / 韻母 / 聲母	一、開口呼															二、齊				
	a	o	e	ê	-i	er	ai	ei	ao	ou	an	en	ang	eng	ong	i	ia	iao	ie	iou
b	√	√	x	x	x	x	√	√	√	x	√	√	√	√	x	√	x	√	√	x
p																				
m																				
f																				
d																				
t																				
n																				
l																				
g																				
k																				
h																				
j																				
q																				
x																				
zh																				
ch																				
sh																				
r																				
z																				
c																				
s																				
y																				
w																				
o																				

配自我測驗

*能拼讀的音節加√
不能拼讀的音節加x

齒呼					三、合口呼									四、撮口呼			
ian	in	iang	ing	iong	u	ua	uo	uai	uei	uan	uen	uang	ueng	ü	üe	üan	ün
√	√	x	√	x	√	√	x	x	x	x	√	√	√	x	x	x	x

記音竅門四則

上文談過怎麼樣學好普通話語音。學會怎麼樣準確發音是第一步，可以說是比較容易的一步。跟着更難辨的是記住每個字怎麼讀，這裏需要講求一些方法。現在提供四個竅門。

一. 善用同音字

普通話的聲母、韻母、聲調和音節都比廣東話少，因此同音字也就比廣東話多。這對學習普通話的人無疑是個喜訊。我們就是要充分利用普通話同音字舉一反三，"一網打盡"。例如shì這個音節，《新華字典》1998年修訂本列舉了四十個同音字，其中的常用字有：仕、氏、舐、示、世、市、柿、式、試、拭、弒、似（似的）、勢、侍、恃、飾、視、是、適、室、逝、誓、釋、諡、嗜、噬、螫、匙（鑰匙）、殖（骨殖）。

這些普通話同音字在廣東話同音的，只有七個：仕、氏、舐、示、侍、視、是。其他都是同音不同調或是音、調都不相同的。所以，只要我們在學某一個字時，順便看一眼字典上的其他普通話同音字，那就"一網打盡"、事半功倍了。

二. 對比廣東話同音——普通話異音字

大部份學員常常受廣東話影響，造成錯誤類推。例如，因為

"盜"唸dào，就無限類推，與廣東話同音的"導、蹈、杜、(印)度"都錯唸dào。因為"徐"唸xú，也就把在廣東話同音的"除、隨"也誤讀xú。

很明顯，學習時要注意對比廣東話同音但普通話異音的字，這可以幫助我們自覺掌握普通話同音字，避免盲目類推。具體做法是很簡單的，現舉例如下：

1. tsœy[4] ⟶ chú 廚、除、躇、蜍；chuí 錘、捶，槌；suí 隋、隨；xú 徐
2. tsy[5] ⟶ chǔ 儲、杵、褚；shǔ 署、曙；zhù柱、貯、杼
3. tsuk[1] ⟶ chù矗、畜(生)、搐；cù促、簇、蹴；shù 束；sù速；xù畜(牧)、蓄；chuò 齪
4. dzyt[3] ⟶ chù黜、絀；chuò 輟、啜、惙；duō 掇、咄；zhuō 拙；zhuó 茁；zhuì 綴、醊
5. dɐi[6] ⟶ dǎi 逮(蚊子)；dài 逮(捕)；dì 弟、第、遞、棣；lì 隸

三. 掌握普通話多音字

廣東話和普通話都有多音字。其對比可分為三種情況，在廣東話和普通話都是多音，如：長、校、車、倒；在廣東話多音，但在普通話一音，如：都、還、肚、塞；在普通話一音，但在廣東話多音，如：被、膜、嶼、醒。如果只知道多音字的一種讀音，而不知道它的其他讀音，那就會出錯的。如果忘記了它的其他讀音，到時候再翻查字典，那就費時失事了。所以在學習多音字的時候，一定要同時掌握它的所有讀音，才能得心應手。有關多音字的分類和學習方法，可參看下文"怎樣學多音字"。

四. 難音辨正

學員感到困難的聲母、韻母，我們稱為難音。zh、ch、sh、r、z、c、s、r、-n、-ng，還有h-k、n-l、ao-ou對比

等，對大多數學員都是比較困難的。進行難音辨正，除了可以唸好難音、分辨難音外，還可以同時快速地、一目了然地記住一大串同音字，對記音很有幫助（上文第七節也談過這個問題，可參考）。例如：

1. j－z－zh 辨正

	ji	zi	zhi
一聲	鷄几機擊基幾幾乎……	資諮滋孜龇仔仔肩……	知支肢肢體隻織……
二聲	及極疾即急集輯……	／	直執職侄躑蹠……
三聲	幾幾天擠己給供給……	子仔仔細姊紫滓……	只止址旨指紙……
四聲	計忌技季既寄際……	自字漬恣……	至稚志秩製質……
輕聲	／	／	肢胳肢

2. h－k－f 辨正

	hun	kun	fen
一聲	昏婚葷……	坤昆……	分紛芬氛………
二聲	渾餛混混蛋魂……	／	汾墳焚……
三聲	／	捆綑壼……	粉……
四聲	混混濁	困睏……	份憤奮糞部忿……
輕聲	／	／	／

怎麼學多音字

拙作《香港人學普通話》中談到了多音字的分類和文白異讀，本文分“一義多音”和“多義多音”兩個大類和幾個小類別撮要地總結、補充一下。廣東話多音字也有同樣的情況，學員可自行對比。

一. 一義多音

(1) 口語讀音與一般讀音不同

1. “這”、“那”、“哪”

讀法＼字	一般讀法			口語讀法		
	讀音	單用	＋名詞	讀音	＋量詞	＋數詞＋量詞
這	zhè	這是人	這人真好	zhèi	這個（人）	這三個（人）
那	nà	那是人	那人真好	nèi	那個（人）	那三個（人）
哪	nǎ	哪兒	哪裏	něi	哪個（人）	哪三個（人）

注：“這”、“那”、“哪”唸 zhèi，nèi，něi 時，實際上也是“這”、“那”、“哪”和“一”的合音。

2. 與“這、那、哪”組成的複習詞讀法比較

類別	例詞	一般讀法	口語讀法
一	這 / 那 / 哪 ＞ 裏、兒	zhè / nà / nǎ ＞ li、r	無。＊有人把“這裏”“那裏”讀zhèili、nèili，《現漢》等詞典都沒有提倡。
二	這麼 那麼	zhème nàme	zème nème
注：“哪”不跟“麼”搭配，常用“怎麼”、“怎麼樣”代替。			
三	這 / 那 / 哪 ＞ 個、些、樣兒、會兒	zhè / nà / nǎ ＞ gè, xiē, yàngr, huìr	zhèi / nèi / něi ＞ gè, xiē, yàngr, huìr

3. “多”通常唸duō，口語則可唸duó。如：“多好”“多快”“多麼”“多少”。

（2）文白異讀——使用場合不同，讀音不同（約三十個）

“文”指讀書音，用於結合緊密的詞語或書面語詞；“白”指說話音，單獨使用或用於口語詞。試比較：

例字	文讀及例詞		白讀及例詞	
剝	bō	剝削 剝奪 剝落 盤剝	bāo	剝花生 剝開
削	xuē	削弱 削減	xiāo	削皮 削鉛筆
逮	dài	逮捕 力有未逮	dǎi	逮蟲子 逮小偷
給	jǐ	給予 供給 自給自足	gěi	給錢 給面子 給以

注一：廣東話也有文白異讀。試比較“生活”“生仔”、“好近”“遠近馳名”。

注二：普通話常用的文白異讀詞有二十多個，比廣東話少。

注三：普通話“血”字，文讀xuè，如“血汗”“血債”“血肉”；白讀xiě，如“流血”“血淋淋”“豬血”。“血壓”“血管”等一些常用詞，文讀、白讀兩可。唸xiě顯得口語化；唸xuè顯得文縐縐的。

(3) 通常讀音與又讀音（另外的讀音）不同

例字	誰	熟	摑	忒	釃（濾酒）	轉文
通常讀法	shéi	shóu	guāi	tuī	shī	zhuǎnwén
又讀	shuí	shú	guó	tē	shāi	zhuǎiwén

注一：實際上，"誰"、"熟"、"轉文"唸 shéi，shóu，zhuǎiwén 是口語音。

"轉文"意為説話不用口語，用文言字眼兒，以顯示有學問。

注二：有又讀的字數量不多。

(4) 特殊讀法與一般讀法不同（個別情況）

例如：老舍 lǎoshě、朝鮮 cháoxiǎn、大柵欄（北京街名）dàshilànr。

注：比較"宿舍 sùshè"、"海鮮 hǎixiān"、"柵欄 zhàlanr"。

二. 多義多音（200多個）

(1) 詞義不同，讀音不同

例如："(生) 長"唸 zhǎng；"長 (短)"唸 cháng。

(2) 詞性不同，讀音不同

例如："掃 (地)"，動詞唸 sǎo；"掃 (帚)"，名詞唸 sào。

(3) 個別用法和一般用法不同

1. 似	個別用法（只有一詞）	shì	……似的
	一般用法	sì	似乎、似是而非、相似、類似、近似、似屬可行

2. 埋	個別用法（只有一詞）	mán	埋怨
	一般用法	mái	埋藏、埋葬、埋葬、埋伏、掩埋
3. 倆	個別用法（只有一詞）	liǎng	技倆
	一般用法	liǎ	咱倆、我們倆、三個麵包，吃了倆、只有倆錢
4. 提	個別用法（只有兩詞）	dī	提防(fang)、提溜(liu，提着)
	一般用法	tí	提出、提醒、提訊、提前、孩提（書面語，兒童）

Cíhuìpiān

詞彙篇

醒目

“醒”字在普通話和廣東話都有以下詞義：1. 酒醉、麻醉或昏迷後，神志恢復正常狀態。2. 睡眠狀態結束，大腦恢復興奮。3. 尚未入睡。4. 醒悟，覺悟。不過，要注意“醒目”一詞在普通話和廣東話是同詞異義的。普通話“醒目”指的是文字、圖畫等形像明顯，容易看清楚，廣東話則說“搶眼”。

另一方面，“醒”在廣東話有很多獨特的意義和用法：

一. 聰明機靈：呢個細路功課好醒／醒目——這孩子學習很聰明，很棒。及時通知警察拉咗啲壞人，真係醒目——及時通知警察把壞蛋抓住了，真機靈。醒目仔——好樣兒的；機靈鬼。話頭醒尾——頭腦靈活；一點就透。咪讕〔lan²〕醒喇——別逞強／逞能。

二. 機警聰敏：全靠你醒／醒水咋，唔係我哋就慘咯——全靠你乖覺，要不我們就慘了。做人要醒定啲——做人要乖覺點兒。

三. 穿着入時或引人注目（多形容男士）：成套西裝着起嚟真係醒／醒目——穿上一套西服可帥了。

四. 忽然想起（某事）：醒起嘞，呢個朋友喺英國見過——

記起來了，這個朋友在英國見過的。唔醒起／冇醒起——沒想起來，沒記起來。

五. 贈送：呢樽酒係朋友醒嘅——這瓶酒是朋友送的／犒勞（·láo，一般輕讀，間或重讀。下同）的。我（私人）醒你嘅——我賞你的。

六. 指不在睡眠狀態：未瞓醒——沒睡醒。好醒瞓——睡覺很驚醒（這裏的"醒"字應唸輕聲，意為睡眠時容易醒來。如果唸第四聲，則為受驚動而醒來或使驚醒）。俗語"打醒十二個精神"，普通話可說：提高百倍警覺。

七. "醒神"意為：提神；有精神或有朝氣。例如：飲杯咖啡醒吓神——喝杯咖啡提提神。着咗制服靈舍醒神——穿上制服精神奕奕。

讀音方面，"醒"在廣東話除第六義項唸〔sɛŋ²〕外（此義有文白異讀。書面語詞唸 siŋ²，如：大夢初醒），都唸〔siŋ²〕；而"醒"在普通話只有一音 xǐng。

阻滞

一. 滞

"滞"在廣東話的詞義和用法比在普通話更廣泛和靈活。

"滞"的主要意思是"停留"、"不流通"。滞留、滞銷、滞後、停滞、呆滞、凝滞等等，廣東話和普通話都可照用。

"滞"在廣東話還可用於飲食方面，普通話則不這樣說。"滞口"，就是胃口不好；"食滞咗"要說作吃膩了；"消滞"普通話說消食兒；開胃消滞——消食兒開胃。

廣東話"濕滞"或"濕熱"本是中醫所指的腸胃不適、消化不良之類的病。如說"呢排有啲濕滞"——這些天有點兒消化不良。"濕滞"或"濕熱"可轉義指事情難辦，不順利，難對付，如說"呢單嘢真係濕滞"——這事兒真纏手：呢匀濕滞咯——這回可麻煩了。"濕滞"還指疾病難治，普通話也可說"纏手"；呢種病好濕滞㗎——這種病挺纏手的。

"阻滞"一詞在普通話比較書面化，它有兩個意思：1. 有阻礙而不能順利通行或進行，如"電話線路發生阻滞現象"。2. 阻遏停止，如"阻滞敵人的行動"。但是，上述詞義和用例在廣東話卻是很口語化的。而且"有啲阻滯"一語在廣東話更是常常使用。如說"佢哋未傾成，有啲阻滯"、"呢單嘢仲有啲阻滯"等等。這裏的"阻滯"，普通話就說作"障礙"、"困難"或"麻煩"。

二. 阻

"阻"在廣東話和普通話詞義是一樣的：1. 攔住、使不能前進；2. 使不能順利通過或發展。用"阻"構成的複合詞，彼此並無不同，如：阻擋、阻礙、阻滯（見上段）、攔阻、勸阻、險阻、推三阻四、暢通無阻。

彼此不同的是，"阻"在廣東話可單獨使用，在普通話則不行，要有不同的對譯：阻埞〔dɛŋ⁶〕——佔地方；妨礙走路；礙腳。阻街——妨礙公務擋道兒、阻塞街道。阻手阻腳——礙手礙腳。阻差辦公——妨礙公務、延誤公差（chāi）。咪阻住晒—別擋道兒；別打擾我。阻唔阻你吖—妨礙你嗎？打擾你嗎？唔阻你嘞——不打擾你了。

批盪

“批”字用在下列主要義項和搭配上時，廣東話和普通話都是一樣的：批示、批改；批評、批判；批發、批購；大批貨物、一批紙張。

表示批評別人時，普通話可以說“批”或“剋kēi”。廣東話口語就多說“揞”了。如：批／剋了他一通——揞咗佢一餐；捱了一通批／剋——畀人揞咗一餐。不過，“批”字在廣東話還有特別的用法：

一. 用刀去掉物體的表層：批皮——削皮；批鉛筆——削鉛筆；由此義引申而來的“螺絲批”，普通話說“改錐”或“螺絲起子”、“螺絲刀”。

二. 用作英語pie的譯音字，如：雞批、蘋果批。pie在普通話多譯為“排”；不過，台灣國語譯為“派”，近年國內也吸收了。

三. “批盪”可作動詞，指的是在建築物的表面抹（mò）平石灰、水泥等材料，這時普通話應說“抹牆”或“抹面”。“批盪”也可作名詞，就是抹在建築物表面的材料，普通話可說成“牆皮兒”，這個“皮兒”指的是東西的表面，如“地皮”、

“水皮”（水的表面，粵語的“水皮”應對譯為“差勁”）。有人把“批盪”説成“外牆”是不對的。因為這指的不是外牆、內牆，而是牆的表面的附加物。

見低就踹

要把廣東話口語詞語對譯為普通話，確實是不容易的事。一般的物品名稱的對譯有時就很難，慣用語的對譯就更是難上難了。但是不管怎麼難，首要的一定要對譯得準確、全面。否則就失去了對譯的意義和作用。而要做到對譯準確，又必須先從準確理解原文入手。

比方說，廣東話慣用語“見高就拜，見低就踹〔jai²〕”（也作“見高拜，見低踹”），意思是對上級或權勢便拍馬逢迎，對下級或沒有權勢的人便輕視欺負。有人把它對譯為“見粗腿就抱，見肩膀就踩”。

對譯的上句源自慣用語“抱粗腿”（意為攀附有權勢的人）並加以靈活運用，“見粗腿就抱”，是譯得不錯的。可是下句“見肩膀就踩”就不敢恭維了。據悉，它源自“踩着別人的肩膀往上爬”。這句話的意思是很清楚的：利用別人，把別人當作墊腳石，以便往上爬。如果壓縮為“踩肩膀”，怎麼可以表達出上述意思呢？再說“踩着別人的肩膀往上爬”與“見低就踹”的意思也很不一樣。

依筆者愚見，整條可對譯為“軟的（就）欺負，硬的（就）

巴結”，這樣比較接近原意，又照顧了對舉（軟－硬；欺負－巴結）。如果只用“見高就拜”，則可說“見粗腿就抱”。另外，不少廣東話詞語很難在普通話找到對等的說法，這個時候千萬別硬譯、亂譯，寧願加以注釋；有的則可打上引號，說明是方言而直接使用。

話說回來，“踹”是“踩”的異體字，廣東話口語音唸〔jai²〕，讀書音唸〔tsai²〕，普通話只唸 cǎi（多寫“踩”）；都有“踏、貶低（人）”的意思。不過，廣東話“踹單車、踹鋼線、踹雪屐（踹 roller）”，普通話就要說成：騎自行車、走鋼絲、溜旱冰（口語：玩兒滾軸）。

“孖”的對譯

“孖”是粵語方言字，《現代漢語詞典》修訂本收錄了這個字，唸 mā ，並注上“方”。“孖”字在普通話只用於地名，根據名從主人的原則，可照寫照念，如廣東的孖髻山即是。

“孖”字在廣東話是大派用場的。而且詞性相當靈活（可作形容詞、量詞、數詞以至動詞）。“孖”用作形容詞的時候最多，雖然其主要意思是“成對”或“雙”，但對譯為普通話也要看搭配而定。比方說：“孖胎”要說作“雙胞胎”；“孖生”——雙生（“孿生”是書面語）；孖仔——雙胞胎兒子、雙生子（“孿生子”是書面語）；孖女——雙胞胎女兒、雙生女。廣東話管年齡大一點兒的孖仔叫“大孖”，小一點兒的叫“細孖”。普通話可分別說“老大”、“老二”。不過，“孖仔”、“孖女”也可通稱“雙胞胎”。另外，“金孖寶”要說“雙金寶”；孖辮女——雙辮兒姑娘；孖手指——六指兒；孖煙囱（含詼諧意）——短褲。還有，“孖公仔”比喻兩個非常要好，常常在一起的人（多指女孩）。普通話可說“形影不離（的兩個人）”。

“孖”作量詞，用於成對相連的東西，普通話就不一定說

“雙”或“對”了：一孖臘腸——兩根香腸；一孖油炸鬼——一根油條；一孖香梘——一條肥皂；打孖一齊嚟——兩樣兒(東西)連嘞一塊兒來；兩個兩個一孖綁住——兩個一對兒綁嘞。

“孖”作數詞時意為兩個，常與數字（多指號碼）連用。如：孖二孖七——兩個二兩個七，口語化一些就說：倆（liǎ）二倆七。

“孖”作動詞，常用的有：孖份——兩個人合夥兒；孖鋪——兩個人睡一張床。“兩個人”口語說“倆人”。

“孖”可用於“孖展”，是英語margin的音譯。常用詞有“炒孖展”，普通話可說：用保證金炒股、炒外匯。

最後，“牛孖筋”普通話說“牛蹄筋兒”。廣東話“黐線”也說作“黐筋、黐孖筋”，都相當於普通話“神經病、發神經”。

“嘥”字何解

“嘥”是粵語方言字，讀如“曬”的陰平聲，其基本意思是：一. 耗費，用。二. 浪費，糟蹋。三. 錯過（機會）。

一. 表示耗費，對象可以是時間、金錢、精力、力量等，如：做呢種功夫真係嘥時間——幹這種活兒真費時間。玩電子遊戲機好嘥錢㗎——玩電子遊戲機真夠花錢的。嘥咗好多口水先至講掂佢——費了很多吐沫才說服了他。我真係費事同你嘥口水（或“嘥氣”）——我才不跟你費吐沫呢！嘥咗我好大力都担唔郁呢籮磚——費了（或“用了”）我好大力氣，還是挑不動這筐兒磚。

二. 表示浪費，糟蹋。其對象除義項一的以外，往往多是實物。如：乜你咁大嘥㗎——你怎麼這麼浪費。你真係大嘥——你真能糟蹋東西。唔好嘥咗張戲飛——別把戲票浪費了。食得就唔好嘥——能吃的就別浪費（或“糟蹋”）。白白嘥咗我幾個鐘頭——白白浪費了我幾個鐘頭。好地地一件衫就擗咗，嘥唔嘥啲吖——好好兒的一件衣服，把它扔了不太浪費嗎！嘥聲壞氣——白費唇舌。

另外，“嘥心機”一詞有多個對譯，要特別注意。真係嘥心機了——真是白費勁兒了。嘥咗好多心機同老公織件冷衫——費了好多精力給愛人打件毛衣。你唔使嘥心機嘞——你別費這勁兒了。同佢講都嘥心機——跟他說也是白搭。嘥心機捱眼瞓——白賠辛苦。從以上分析也可看出："嘥"有時表示耗費，有時表示浪費。

三. 錯過（機會）：咁好機會點可以嘥吖——這麼好的機會怎麼可以錯過呢。寄返張表去，唔好嘥咗抽獎——把表寄回去，別錯過抽獎。

“崩”的異同

“崩”在廣東話和普通話的詞義和用法大同小異。

一. 詞義、用法相同

1. 倒塌、（物體）猛然分裂，如：崩裂、山崩地裂、血崩、崩潰、分崩離析。2. 君主時代稱帝王死，如：駕崩，“先帝知臣謹慎，故臨崩寄臣以大事也。”（諸葛亮《出師表》）

二. 在普通話詞義範圍比廣東話大

1. 破裂：把氣球吹崩了、水管崩了、他們倆談崩了、這次會談進行了一個小時就崩了。用於例一、二，廣東話說“爆”。用於例三、四說“橫〔waŋ1〕、破裂”。2. 崩裂的東西擊中：炸起的石頭把他崩傷了、放爆竹差點兒崩了眼睛、拿彈弓崩人容易出危險。用於本義項，廣東話說“彈〔dan3〕”。3. 口語指槍斃，也說“槍崩”（多帶“了”）：這樣的敗類早該崩了／槍崩了、把他拉出去崩了／槍崩了、一槍把他崩了。用於本義項，廣東話說“打靶”、“打佢靶”。

三. 在廣東話詞義範圍比普通話大

因崩裂而受破損，如：打崩頭、隻碗崩咗一嚿、崩咗隻牙、崩口、啞崩（崩嘴佬）、搞到頭崩額裂，好食爭崩頭、崩口人忌崩口碗。用於本義項，普通話一般說“破”或“缺”。例一至例三，分別說：把頭打破了、碗破了一個口子、缺了一顆牙。例四，書面語作“唇裂”或“兔唇”，口語則說“豁（huō）嘴兒”。例六至例八多用於比喻，普通話可分別作“弄得焦頭爛額（或‘頭破血流’）”，“見便宜就搶”；“當着矮子別說短話（‘短話’指缺點）”。

四.“崩沙”可照用，因為這是廣東特有的食品（特別鬆脆的蝴蝶形油炸麵食）。正如北方食品“饅頭、餃子、燒餅”一樣，應該名從主人，照說照用。

“更”的異同

“更（廣東話gɐŋ¹，普通話gēng）”用作動詞，意為改變、改換或經歷時，在廣東話和普通話的用法完全一樣，如：更換、更衣、除舊更新，少不更事。

“更（廣東話gɐŋ³，普通話gèng）”用作副詞，意為程度增加或“再（書面語用法）”，彼此用法基本一樣，如：更加、更甚、更好、更喜歡看電影、更上一層樓。不過，在表示“程度增加”一義時，廣東話有更口語化的説法：1. 修飾形容詞時常説“仲”（正字為“重”），如：仲好、仲快、今日仲凍過琴日。普通話説：更好、更快、今天比昨天更冷。2. 修飾動詞時常説“更加”，少只説“更”，如：更加鍾意睇電影。這時候普通話卻相反：用“更加”顯得文縐縐、書面化，口語常只説“更”。

值得比較的是“更（廣東話gaŋ¹，普通話gēng）”作名詞，意為“一夜的五分之一”時，此義在廣東話和普通話都有相同的用法，如：打更、更深人靜、三更半夜（普通話多説“半夜三更”）。普通話還説“起五更睡半夜”，廣東話可説“夜夜〔jɛ²jɛ⁶〕瞓覺，早早起身”。特別一點的是“巡更”一詞，廣東話指警察、保安人員等在夜間巡查警戒，普通話通常説“巡夜”。因為“巡更”一詞在普通話指舊時打更巡邏，現在雖可泛指夜間巡邏，但頗帶語卷氣。

值得注意的是，“更gaŋ[1]”在廣東話擴大為（工人或警察）一天之內的一段工作時間，如：交更、編更、轉更、替更，這裏的“更”普通話都要說“班”，轉更說“換班”，看更可做名詞或動詞，則說“門衛、值班員”或“值班（動詞）”；更樓說“值班室”；出更說“外勤巡邏”；廣州粵語“炒更”相當於香港粵語“秘撈”，普通話說“搞外快”。

另外，俗語“落筆打三更”意為一開始就出錯（不是打一更），普通話可相應說“一上手就搞壞了”。“打得更多夜就長”一指時間拖長了，事情可能發生各種不利的變化，可譯“夜長夢多”；一指優柔寡斷、錯失時機，可說作“三心二意，沒了（méile）主意”。

最後，“更”在廣東話可唸〔ŋɐŋ[3]〕，相當於“無論多……”，用於讓步的假設，普通話要說“再”。如：更快都唔掂——再快也不行。

"堂"的異同

"堂"字用於廣東話和普通話，基本詞義都一樣，但廣東話有更廣泛靈活的搭配和用法。

一. 指專為某種活動用的房屋，彼此搭配大部份一樣，如：禮堂、課堂、紀念堂、食堂（廣東話說"飯堂"）。特別一點的是，廣東話把較大的建築物中，寬敞的房間或地方叫做"大堂"，如：候機大堂、酒店大堂、電梯大堂，普通話多分別說：候機大廳、酒店門廳、電梯間。不過，用於酒店（普通話多說"飯店"）的"大堂"一詞近幾年已吸收了（見《現代漢語詞典》修訂本）。但是，指犯人等去有關法律機關接受審問，廣東話叫"提堂"，普通話則說：提訊、提審或過堂（舊時的說法）。另外，"當堂"應譯為"當場"。如：當場出醜。

二. 指同宗而非嫡親的（親屬），廣東話說"疏堂"或"堂"，普通話則說"堂房"或"堂"。如：疏堂細佬——堂房弟弟。疏堂亞叔、堂亞叔——堂房叔叔、堂叔。

三. 指有計劃的分段教學，廣東話說"堂"，如：上堂、落堂、地理堂，普通話都說"課"（"拖堂"則可照說或說"壓堂"）。"轉堂"說：換課。"走堂"說：逃課或翹課（台灣說法）。

四. 用作量詞，指成套傢具或分節的課程，彼此一樣，如：一堂傢具，一堂課（不過，普通話又常說一節課）。另外，廣東話還可說：一堂眼眉、一堂樓梯、一堂梯、一堂蚊帳、一堂佈景。用於例一、二，普通話都說"道"（眼眉說"眉毛"）。用於後幾例，普通話分別說"把"；"頂"；"台"。

五. 指借用同鄉或其他關係結合起來的小集團，廣東話說"堂口"，普通話則說"幫口"。不過廣東話"你咪幫佢口"，普通話就要說"你別幫着他說話。"

“爆”字三談

一

廣東話和普通話都有“爆”這個詞，其基本詞義也是相同的：猛然破裂或迸出。用法一樣的詞語有爆炸（“知識爆炸、爆炸性新聞”也可用）、爆破、爆裂、爆發、爆震、起爆、引爆等。

不過，我們要注意“爆”在廣東話和普通話裏有不少搭配和用法是彼此不同的。尤其是“爆”在廣東話的搭配更為靈活，詞義有所引伸。

“爆”在廣東話可與名詞組成動賓結構，“爆××”意為普通話的“××爆裂”，如：爆水喉、爆血管、爆呔、爆皵〔tsak³〕、爆穀，普通話分別說：水管爆裂（口語說：水管崩了）、血管爆裂、車胎放炮（指“條褲爆呔”則說“褲子綳開了”）、皮膚皴（音“村”）了、爆花兒。後者又叫“爆米花兒”，指大米、玉米加熱後膨脹爆裂而成的食品，義同“爆穀”。

“爆”在廣東話可用在動詞與賓語之間，如：打爆頭、打爆骨、打爆眼、call爆機、轆爆咭。普通話的說法詞序有別，而且要用“把”：把頭（骨頭、眼睛）打爆裂了、把呼機呼炸了、把信用限額刷完了。

“爆”在廣東話可引伸為“爆開、爆出、揭露”。其用法在普通話有同有異。大爆醜聞、自爆內幕，普通話可照用。廣東話“爆冷門”普通話吸收了，說“爆冷門兒”（見《現漢》修訂本。）但不說“爆冷”，書面上使用時“兒”可省略。“爆滿”則完全吸收照用了（同上書）。“爆棚”似有一定程度的吸收：手頭上多本《新詞詞典》，其中收錄了上海《文匯報》、《上海出版報》和《齊魯晚報》的用例。不過《現漢》修訂本注為〈方〉，即方言用法。普通話通常說“滿員、滿座兒”，北京話可說“嚴可嚴兒 yán ke yánr”。不過，“愛心爆棚”就要說“充滿愛心、滿懷愛心”。另外，“爆料〔liu²〕”就要說作“公開鮮為人知的資料”。

還有，不少基於這個詞義的廣東話詞語是要對譯的。爆大鑊（或說“爆響口”）——兜（或“揭”）底兒；爆陰毒——揭短兒；爆人陰私——揭老底兒；爆晒佢啲衰嘢出嚟——把他的醜事都抖出來；爆煲（或說“穿煲”）——露餡兒；爆佢煲——揭他的底兒；指超過某數目的“爆煲”——爆炸、炸。爆竊（或說“爆格”）——溜門撬鎖（可簡說“溜撬”）。

二

“爆”在廣東話的引伸義可用於動詞後面作補語，如：督爆、踢爆、畀佢吹到爆。這時普通話不能用“爆”，要分別說捅出去（或“戳穿”）、揭穿、叫他氣死了。如果是“督爆佢、踢爆佢”，就可說“把他的事兒捅出去”、“揭穿他”。“爆”在廣東話還可作詞尾，如“嬲爆爆”，普通話說“氣沖沖”。

“爆”在廣東話可引伸為“超過或達到某極限”，如：“爆煲”除了有“穿煲”義外，還指玩撲克遊戲等，超過了點數或數目而輸了。“爆燈”指電視台以燈光評分的遊戲節目，達到最高的盞數。“爆磅”指某人的體重已達磅秤的極限。“靚爆鏡”指女子非常漂亮，攝影師不斷用近鏡，連鏡頭都爆裂了。“唱爆咪”指歌星唱得太好、太強勁，以致麥克風都爆裂了。“轆爆咭”指刷卡（“轆咭”）提款已超過極限，沒有存款可提，需要透支了。“打爆機”指玩電子遊戲機贏得了最高分兒。以上都是誇張的、比喻的説法。上述口語詞在普通話不能直説，可譯為：爆（咗）煲——過頭兒了、炸了。爆咗燈——拿到最高燈光分數。爆磅——壓秤。靚爆鏡——盤兒（指面容）倍兒亮。唱爆咪——話筒都快要震裂了。轆爆咭——刷盡了卡。打爆機——贏了滿分兒。另外，請參看第一節的第四段和第六段。

三

以下説説“爆”在普通話的用法並與廣東話對比。

第一，“爆”在普通話少獨用，少用於口語詞（“爆冷門兒”是從廣東話吸收的）；也不能用於“動詞＋爆＋名詞、代詞”的結構（如：打爆頭、督爆佢）。

第二，“火爆”、“爆肚”這兩個詞在廣東話和普通話是同形異義的。“火爆”在廣東話指動作，場面激烈，在普通話則指：1. 暴躁；急躁。2. 旺盛；熱鬧。所以，廣東話“火爆”宜譯為“激烈”。另外，“爆肚”在廣東話意為演員忘記了台詞，臨時編話。普通話應説“現編（詞兒）”或“旋編（詞兒）”。因為“爆肚（兒）”在普通話指的是一種食品：把牛羊肚兒（唸上聲）在開水裏稍煮就拿取出來，吃時現蘸作料。

第三，有幾個詞普通話常用，而廣東話少用。“爆豆兒”指炒豆子或炒熟的豆子。因炒豆子時不斷發出爆裂聲，故常用來比喻響亮而連續不斷的說話聲、槍炮聲，如：她說話像爆豆似的。廣東話多說“炒白豆”。“爆騰（輕聲）”口語很常用，指灰塵、爐灰等揚起，如：掃地灑點兒水，省得爆騰。廣東話可說“整起晒啲灰塵”。另外，“爆竹”、“爆仗”、“炮仗”都是一樣的東西，但是普通話和廣東話都多說“炮仗”（輕聲／陰上）。不過廣東話“燒炮仗”普通話要說“放炮（仗）”。還有，廣東話又說：“炮竹”，普通話是說的。

第四，“爆”在普通話可用於烹調，指把魚、肉放熱油裏快煎再加作料，如：醬爆肉丁、油爆肚兒。廣東菜沒有這樣的做法，可吸收照用。

“乸”的使用

“乸”是個粵語字，在普通話派不上用場。《現代漢語詞典》修訂本收了這個字。注明〈書〉（表示書面上的文言詞語），意為“雌，母的：雞乸（母雞）。”

相反，“乸”在廣東話大行其道，大派用場。

一. 指雌性的動物，如：雞乸、豬乸，普通話說：母雞、母豬。俗語有“跪地餼豬乸——睇錢份上”，普通話說：跪在地上餵母豬——看在錢的份兒上。“乸”又可指女人，如：後底乸、外母乸，普通話說：後媽、丈母（輕聲）娘。廣東話“老虎乸”一詞，指雌的老虎或管治丈夫很厲害的女人，普通話可說“母老虎（此詞還比喻潑婦）”。“婆乸”指婦女、女人，含輕蔑意，北方話說“娘兒們niángrmen”，這個詞也有輕蔑意，並可作單數用。另外，“乸型”可說“（男人）女性化”。還有，“乸”又可用於植物，如：木瓜乸，普通話說：雌木瓜。

二. 與“仔”連用，指母親。兩仔乸、三仔乸，幾仔乸，普通話分別說：母子倆（或母子兩個）、母子仨（或母子三個）、母子幾個。

三. 特別用法。“螺絲乸”普通話說：螺絲母、螺母、螺帽或螺絲帽（“螺絲公”則叫螺絲、螺絲釘或螺釘）。“蜞乸”即水蛭，普通話叫“螞蟥”，口語說“馬鱉”。“蝨乸”要說“蝨子”。“蛤乸”指田雞，多用於俗語，如：冇咁大隻蛤乸隨街跳、邊度有咁大隻蛤乸隨街跳吖，普通話可分別說：沒這麼好的事兒、世界上哪兒有這麼好的事兒啊。廣東話還可誇張地說：雞乸咁大隻字、牛乸咁大隻字，普通話只說：斗大的字。

如何用“柄”

“柄”在廣東話和普通話的詞義是相同的，但其用法和搭配有值得注意的地方。

“柄”用於書面語，意為“執掌”，如：柄國、柄政。又為“權”，如：國柄、權柄。再為“根本”，如：謙，德之柄也。上述用法和搭配，廣東話與普通話完全相同。不過，“權柄”在普通話口語常喻作“刀把兒（去聲）”。

以下義項，廣東話用“柄”是很口語化的，普通話口語則多用“把兒（去聲）”，用“柄”是文謅謅的，而且聽起來容易誤作“丙”、“餅”、“秉”、“稟”。

一. 植物的花、葉或果跟莖或枝相連的部份，如：花柄、葉柄、果柄，普通話口語都說“……把兒”。

二. 比喻在言行上被人抓住的材料，如：話柄，普通話口語說“話把兒”。“笑柄”，普通話口語說“笑料”、“辮子或尾巴（比喻把柄）”。與“話柄”近義的“談柄”一詞較書面化，廣東話和普通話都少用。

三. 器物上便於用手拿的部份，如：刀柄、匙羹柄、水杯柄、普通話口語說：刀的把兒（也可省去“的”，但“刀把兒”

又常比喻權柄或把柄）、勺把兒、杯子把兒。上述的“把兒”也可說作“把子”（去聲＋輕聲），可參看下文。

另外，“柄”在廣東話基於上述第三義項，使用範圍擴大了：安裝在門窗或抽屜上便於用手拉着來開關的木條或金屬物，也叫“柄”，普通話要說“拉手”（“手”唸輕聲，否則意為“握手”），如：門柄——拉手（shou）、門拉手。還有，廣東話“手柄”可指普通話的“車把”，可參看下文。

“把”、“把兒”與“把子”

廣東人學習普通話時要特別注意用於詞尾的“兒（r）”和“子（zi）”對詞義的影響。因為這些詞通常都是口語詞。這些構詞特點在廣東話裏是沒有的。

一. “把兒”與“把”不同

（一）“把”是最常見的，唸 bǎ。詞義是：（1）作動詞，如：把舵、把持、把守；（2）作名詞：“車把”指自行車、手推車的手扶部份；（3）作量詞，如：一把刀、一把年紀、一把力氣、一把手、拉他一把、過把癮；（4）作介詞，如：把書看完、把我累壞了；（5）加在“百、千、萬”和“里、丈、頃、斤、個”等量詞的後頭，表示數量近於這個數，如：個把月、百把塊錢；（6）指拜把子的關係（如：把兄、把嫂）。

用於義項（1），廣東話也說“把”。義項（2），“車把”廣東話說“手柄”。義項（3），多半兒也說“把”，但也常有用別的量詞的，如：一張椅。用於義項（4）、（5），分別說“將”、“零 $lɛŋ^4$”。用於義項（6），也說“把”。

（二）“把兒”可唸 bǎr 或 bàr，詞義不同。“把兒”唸 bǎr 時，（1）作名詞，指把東西捆在一起的捆子，如：草把兒、秫稭把兒。這時候也可說作“把子 bǎzi”。（2）作量詞，指一手抓起的數量，如：一把兒米、一把兒花兒、一把兒韮菜（用於此例可說作“把子 bǎzi”）。用於上述義項，廣東話分別說“繩”、“揸 dza^6”。

（三）“把兒”唸 bàr 時，（1）指器物上便於用手拿的部份。如：刀把兒、缸子把兒、椅子把兒。這時候也可說作“把子 bàzi”。（2）花、葉或果實的柄，如：花把兒、葉把兒、橘子把兒、錐子把兒。（3）比喻在言語上被人抓住的材料，如：話把兒。

上述有關“把”的詞義和例子，廣東話都說“柄 $bɛŋ^3$”，絕不說“把”的。反過來，雖然在普通話也可用“柄 bǐng”，但是“柄”很書卷氣，口語少說。常見的詞語只有“笑柄、把柄、權柄”等幾個（當然，廣東話也是照用的）。

二.“把兒”與“把子”有同有異

“把子”可唸 bǎzi 和 bàzi，詞義不同。

（一）“把子”唸 bǎzi 時，（1）作名詞，指把東西捆在一起的捆子，如：草把子。這時候常說作“把兒 bǎr”。（2）作量詞。a.人一羣、一幫叫一把子人（含貶義）。b.一手抓起的數量（多用於長條形東西），如：一把子韮菜。這時候也多說作“把兒 bǎr”。c.用於某些抽象事物，如：加把子勁兒。這時也常說作“把兒 bǎr”。（3）用於“拜把子”一詞，指朋友結為異姓兄弟。

用於上述義項的（1）、（2）b、（2）c，廣東話的對譯請參看“把兒 bǎr”。用於義項（2）a，“一把子人”廣東話說“一揸〔dza⁶〕人”。用於義項（3），“拜把子”廣東話說“結拜”。

（二）“把子”唸 bàzi 時，指器物上便於用手拿的部份。這時候，也多說作“把兒 bàr”，請參看上節之（三）。

“行”和“走”

“行”字在廣東話和普通話各有不同唸法，詞義有相同也有不同的。

一. “行”在廣東話唸 haŋ⁴（語音）或 hɐŋ⁴（讀音）時，與普通話唸 xíng 都有如下相同用法：

1. 古代指道路：啟行、千里之行，始於足下。2. 跟旅行有關的。行李、行裝。3. 流動性的，臨時性的：行商；行營。4. 流通，推行：行銷；發行；風行。5. 做，辦：行醫；行禮；行兇；執行；舉行。6. 表示進行某種活動：另行通知；即行查封。7. 將要：行將⋯⋯；行及⋯⋯。

值得留意的是，“行”在廣東話無論書面性的或口語化的表達，都可以使用。而在普通話則只用於書面性的表達。上述詞義和用法都是書面性的。

表示“移動；挪動”，廣東話保存了文言性的用法“行”，普通話就用口語化的“走”：個鐘唔行嘞——鐘不走了；呢步棋行錯咗——這步棋走錯了。

表示人或鳥獸用腳交互向前移動，書面性的詞，廣東話和普通話都用“行”：步行；旅行；人行道（廣東話口語說“行人路”）；日行千里。口語化的詞，廣州話還用“行”，但普通話就要用“走”：行路——走路；馬唔行嘞——馬不走了。又如比喻性的用法：行運——走運；個鐘唔行嘞——鐘不走了。不過普通話也有不用“走”的：行得埋——合得來；行雷——打雷；行差踏錯——一差二錯；行街——逛街（近年來廣東話也說“逛街”）；行街（指推銷員）——跑外的。

二．“行”在廣東話唸 hɔŋ⁴（口語有時唸變調 hɔŋ²，如商行、銀行、外行）時，普通話唸 háng，這時彼此用法基本一樣，意為：1. 行列：雙行；第五行。2. 行業：內行；改行。3. 某些營業機構：商行；藥行。4. 量詞：一行字；兩行眼淚。

這時有點兒不同的是表示兄弟姐妹的排行。廣東話説：你排行第幾？我排行第三。普通話可照説“排行”，口語常只説“行”：你行幾？我行三。不過，“排行榜”彼此都用。另外，廣東話有“行貨”一詞，唸 hɔŋ²fɔ³ 時，是“水貨”之相反，普通話可說“正路貨”。唸 hɔŋ⁴fɔ³ 時（也說“（咁）行 hɔŋ²”），指敷衍、蒙混的事情或話語。普通話可說“應付（fù）事兒”或“糊弄（hù · nong）事兒”。

三．“行”表示“行為”一義時，廣東話唸 hɐŋ⁶（保持原讀），普通話舊讀 xìng，現讀 xíng。該義彼此用法一樣，如：言行、品行、操行、罪行。

四．指僧道修行的功夫，也用於比喻技能本領，廣東話和普通話都說“道行”。這時，廣東話唸 hɐŋ⁶，普通話唸 heng（輕聲）或 héng。

五．很不相同的一點是，普通話常獨用“行 xíng”表示“可以；能幹”，廣東話口語則要對譯（書面語可照用）：行，就這樣吧（廣東話：得，就咁喇）；不弄清楚怎麼行呢（廣東話：唔搞清楚點得呢）；老王真行（廣東話：老王係得嘅）；

你真行（廣東話：你係得嘅）。又如：你真行（這是反話，也說“你真可以”、“真有你的”），連老朋友也坑。廣東話說：你好嘢，連老友都屈。

“捱”和“熬”

廣東話和普通話都用“捱”字，但彼此所用的義項和搭配都有很多不同。另一方面，普通話的“熬áo”在某些時候常常代替“捱”；而“熬”在廣東話卻是很少用到的字。

一. 表示遭受。普通話常用“捱”，如：捱打了。捱了一頓臭罵。手上捱了一刀。捱蚊子咬。沒帶傘，捱雨澆了。上述用例可用於廣東話書面語，但在口語裏，普通話“捱＋人或動物或其他＋動詞”的句式，廣東話常說成“俾＋人或動物或其他＋動詞”。上例對譯為廣東話就分別說作：俾人打。俾人鬧餐懵嘅。俾人喺手處斬咗一刀。俾蚊咬。冇帶遮，俾雨磱〔dɐp⁶〕濕身。

二. 表示忍受。普通話常說的有“捱餓”、“捱凍”。廣東話書面語可照用，口語則說“捱肚餓”(或“捱飢抵餓”)、“抵冷”。另外，用於此義，普通話常用“熬”或有別的說法，廣東話則多用“捱”。如：熬苦日子——捱窮。熬夜——捱夜。做牛馬——捱騾仔。賣賣義氣——捱（吓）義氣。啃盒兒飯——捱飯盒。吃老本兒——捱穀種、食穀種。起五更睡半夜——捱更抵夜。拚死拚活——捱生捱死。

三. 表示困難地渡過。普通話和廣東話都說“捱日子”、

“捱一天算一天”。但普通話“熬日子”，廣東話口語說“捱世界”。

四. 表示拖延時間，普通話可說“捱時間”，但口語常說“泡蘑菇（gu）”。廣東話說“耽（dɐm¹）時候”，口語說“磨爛蓆”。

“腳”和“腿”

一

指人或動物的下肢以及東西的最下部，廣東話和普通話都可用“腳”和“腿”，不過彼此的詞義和搭配都有很多不同之處。

廣東話“腳”泛指下肢，相應於普通話應說“腿”。其各部份對比如下：

	廣東話		普通話	
膝蓋以上	髀、大髀	統稱“腳”	腿、大腿	統稱“腿”
膝蓋至腳踝	腳		小腿	
腳踝以下	腳		腳、腳丫子	

由此可見，廣東話說“腳痛”普通話就說“腿疼”（“疼”比“痛”口語化）。腳瓜囊（變讀高平調）——腿肚子；翹起腳——翹起二郎腿；抌抌〔ŋɐn^3〕腳——顫悠（chànyou）着腿。腳骨力——腿勁兒、腳勁兒；較腳——撒腿、撒丫子；托大腳、擦鞋——抱粗腿、拍馬屁；企到腳軟——腿都站瘦了。

指膝蓋以下的部份，彼此都用腳，但有些不同的搭配：腳面——腳背；腳板底、腳板堂——腳掌、腳底板；大腳式——大腳板、大腳丫子；腳踭——腳跟（根）；腳勒——腳腕兒、腳腕子；腳眼——踝（huái）子骨；腳趾公——大腳指頭、大拇趾；腳指尾（變讀高平調）——小腳指頭、小趾頭；腳趾罅——腳趾縫兒；打赤腳、打大赤腳——光着腳、光腳丫子；歇腳——歇腿、歇腳。一腳踏兩船——腳踩兩隻船。

有些廣東話俗語用了"腳"，普通話倒是不用腳的：踬踬〔ŋɐn³〕腳（如：個個月有幾萬銀入息，踬踬腳喇）——優哉游哉；抽後腳——抓辮子、抓話茬兒；捉痛腳——找茬兒、挑毛病；雞咁腳——穿了兔子鞋似的；滾水燶腳——心急火燎（liǎo）；過水濕腳、過河濕腳——經手三分肥。

二

指物體的最下部，彼此都可以說：牆腳、山腳、高腳杯、三腳鼎等。但指器物下部起支撐作用的部份就各有不同：枱腳——桌子腿兒；凳腳——椅子腿兒；眼鏡髀——眼鏡腿兒。不過，廣東話"甖(jaŋ³)枱腳"指的是情人、夫妻在一起吃飯、聊天，普通話可以說"(兩個人) 樂和 lèhe"。

有兩個用"腳"的詞，是特別一點兒的。一是：指耳朵前邊生長頭髮的部位或長在那裏的頭髮，廣東話說"髮腳"或"滴水"，普通話則說"鬢腳"，多作"鬢角兒"。要注意："滴水"在普通話指水滴落下；又指滴水瓦的瓦頭或為宣洩房檐雨水的隙地。

二是廣東話"水腳"指 1. 路費；2. 水路運費。這個詞在現代社會已經不大流行了，鄉下地區可能還用。《現代漢語詞典》收錄了這個詞及其2. 的詞義，注明〈方〉，即方言用法。

上述詞義普通話可分別説“路費（口語説：盤纏 chan）”；水路運費。

三

至於“腿”字，廣東話口語很少用到，而常常代之以“腳”。上文已舉例説明，請讀者自行參閱。

不過一些比較書面化的又或是口語化的詞語，廣州話就吸收了普通話的説法，如：火腿、雲腿（雲南火腿）、護腿、綁腿、羅圈腿、跑腿（普通話“跑腿兒”）、二郎腿、飛毛腿、拉後腿、狗腿子等。

另外一些普通話口語詞，廣東話則採用一般説法或本身的口語説法，如：腿部風濕關節炎——寒腿；瓜柴、釘蓋——伸腿兒；走狗、幫兇、狗腿子——腿子、狗腿子。盤膝而坐——盤腿而坐。

“晏”和“晝”

“晏”是個文言詞，普通話唸 yàn。《現漢》修訂本的主要解釋是“遲”，附有詞例“晏起”。另有詞組“晏駕”意為君主時代稱帝王死。這兩個詞都是現代很少用的。一句話，“晏”在普通話口語裏沒有什麼用場。

相反地，“晏”在廣東話大派用場。這反映了廣東話的最大特點——古代漢語保留得多，常用文言字詞。“晏”在廣東話唸 an³，主要意思是“遲”，普通話口語往往說“晚”。如：晏起身——起得晚；今日食得晏咗——今天吃飯晚了；嚟晏咗就趕唔切嘞——來晚了就趕不上了；好眼瞓，我要瞓晏啲／晏啲起身——真睏，我得多睡會兒／晚點兒起來。

廣東話“晏”、“晏晝”或“晏仔”又指“午飯”或泛指“飯”(晏仔含詼諧意)。如：喺邊度食晏——在哪兒吃午飯；搵你黐餐晏——找你管頓兒午飯(北京話說“到你那兒蹭一頓午飯”，或“我吃蹭兒來了”。“蹭兒”意為不花錢)；咁辛苦都係為咗搵餐晏仔啫——這麼賣勁兒也只不過是為了掙口飯吃。

另外，“晏晝”還指“下午”或“中午”。如：晏晝我嚟搵你——下午（或中午，要看上下文）我來找你。為清楚起見，表示下午不少廣東人就說“下晝”。

下面說說“晝”字。廣東話和普通話都有一樣的用法——指天亮到天黑的整段時間；白天（跟“夜”相對）：晝夜；如同白晝；晝伏夜出；

不同的是，廣東話用“晝”把白天分為兩部份、甚至幾部份：1. 上晝；2. 晏晝；3. 下晝；4. 半晝。當然這幾個詞說普通話就不能照搬了。通常的說法分別是：1. 上午；2. 中午；3. 下午；4. 半天。這四個詞普通話有更口語化的說法，分別是：1. 上半晌（兒）、上半天（兒）、前半晌（兒）或前半天（兒）；2. 晌午 shǎngwu；3. 下半晌（兒）、下半天（兒）、後半晌（兒）或後半天（兒）；4. 半晌（兒）。“晌兒”是北方詞語，意為一天以內的某段時間，例子如上，不贅述。另外，“晌”指“晌午”也是北方話的說法，如：晌飯、晌覺（睡晌覺）、歇晌，普通話一般分別說：午飯、午覺、午休。與此相反，“晌兒”和“晌”在廣東話都是不派用場的。

另外，普通話說“晚半天兒”或“晚半晌兒”指臨近黃昏的時候，與“傍晚（兒）”差不多（北京話說“擦黑兒”、“傍黑兒”），廣東話通常都說“挨晚”，也說“傍晚”。

“堵”與“塞”

常有這樣的情況：由單音同義詞組成的並列式複合詞，廣東話和普通話都是照用、照説的；可是單獨用的話，往往廣東話用這一個字，普通話用那一個字(更多的詞例和分析，請參閱拙著《廣州話．普通話語詞對比研究》中“廣州話、普通話各用雙音詞的一個語素”一文）。“堵塞”就是典型的例子。

堵塞工作中的漏洞、塌下來的山石堵塞了公路、交通堵塞(也説“阻塞”。注意：複合詞裏“塞”唸 sè）——廣東話和普通話都照用照説。可是單用的話（通常是口語用法）就各取其一了——普通話説“堵”，廣東話説“塞”。普通話説：堵漏洞；把窟窿堵上；你堵着門人家怎麼出去？堵住人家的嘴；車輛把馬路都堵死了；上下班時間常常堵車，一堵就是十幾分鐘；路上車堵得很……。這裏的“堵”，廣東話都説“塞”。不過，北方人除了説“堵車”，也説“塞（sāi）車”，這是受廣東話和台灣國語影響的。

“塞”唸 sāi 時，在普通話表示“把東西放進有空隙的地方”；“填入”。如：把衣服塞到箱子裏去；臨走時叔叔塞給我一百塊錢。這時廣東話也説“塞”。另外，“塞住容器口使內外隔絕的東西”，普通話說“塞兒”或“塞子”，如“瓶塞”、“軟木塞”；廣東話則說“枳”（讀如“質”）。從這個詞義引伸出來的普通話口語說法“加塞兒”，意為不守秩序，為了取巧而插進排好的隊；廣東話則說“打尖”。或說“插隊、櫼（音尖）隊。”要注意：1. “打尖”在普通話意為在旅途中休息吃點東西；或掐去棉花等的頂尖。2. 台灣國語說“插隊”。3. “插隊”在普通話雖有“打尖”的意思，但稍欠口語化。4. “插隊”在普通話和廣東話又指知識青年或幹部到農村生產隊生活和勞動。

“粥”和“稀飯”的區別

廣東人說的“食粥”，北方人常說“吃稀飯”。這裏的“粥——稀飯”，與生意——買賣、醫生——大夫、香片——花茶、糯米——江米、皮蛋——松花蛋、芫荽——香菜等詞語一樣，都是南北使用習慣各異的標準語彙。

北方人和廣東人的習慣有所不同，按北方人的理解，“稀飯”是與“乾飯”（做熟後不帶米湯的米飯）相對的一個概念，多統稱用大米或小米煮成的半流質食物。如果不是用大米或小米煮成的半流質食物就稱為“粥”。可見“稀飯”和“粥”的區別主要是材料不同。不過，有了修飾語，就常說“粥”，不說“稀飯”了，如：大米粥、江米粥、小米粥、臘八粥、小豆粥（“小豆”即廣東話“紅豆”）、玉米粥等。還有，北方人吃的“稀飯”或“粥”通常都是比較稠的。與“稀飯”連用，說“喝”，與“粥”連用，說“吃”。另外，用於轉義，就只說“粥”：粥少僧多或僧多粥少、（亂成）一鍋粥、老太太喝稀粥——無恥（齒）下流（歇後語，譏諷人無恥下流）。

因為廣東人的飲食習慣不同，所以廣東話只說“粥”，不說“稀飯”。而且“粥”都是用大米熬的、比較稀的。所以，廣東話的“粥”或“白粥”，普通話可說“稀粥”、“清粥”(動詞用“喝”，“稀飯”亦同）；“潮州粥”可說“稀飯”。至於牛肉粥、魚片粥、艇仔粥等則可照說（動詞用“吃”）。

“粥”字來源相當古雅，南宋陸游有詩云：“……我得宛丘平易法，只將食粥致神仙。”李時珍在其《本草綱目》中說：“每日起，食粥一大碗……。”清朝梁巨章在《歸田瑣記》中說：年已八十的戴可亭，丰采步履如六十許人，主要就是靠了“每日清早，但食清粥一大碗”。

破、損、爛的區別

複合詞“破損”義為“殘破損壞”，如：昨天運來的瓷器有些破損。“破爛”義為“因時間久或使用久而殘破”，如：穿着破爛的衣服。上述用法，粵普都是一樣的。但是單獨使用的話，就各取一字了。試比較：

廣東話	普通話
整損手（頭、腳）	把手（頭、腳）弄破了
花樽打爛咗	花瓶打破了
件衫爛咗個窿	衣服破了一個窟窿
爛船都有三千釘	船破還有三千釘
爛鬼嘢	破玩意兒
爛朶朶〔dœ³〕	破破爛爛

“損”在廣東話和普通話都有“損失”、“損害”、“損壞”的意思。不過，廣東話“損”還可表示身體某部份受了皮外傷，普通話則說“破”。另外，“損”在北京話義為 1. 用尖刻的話挖苦人（廣東話說“瘀”或“挖苦”。2. 刻薄；惡毒（如：這人真損。廣東話說“刻薄”）。

廣東話“爛”除了指有點破損（見上例），也可指破碎不堪。如：爛蓉蓉、蓉蓉爛爛，普通話就說“稀巴爛”或“稀爛”。廣東話“摵爛晒”，普通話是“扯碎了”。廣東話用於比喻的“頭崩額裂”或“損手爛腳”，普通話可說“焦頭爛額”。

此外，廣州話“爛”還有些獨特的用法，是與嗜好有關的：

一. “爛＋動詞”：爛瞓、爛賭、爛食，普通話分別說：貪睡、好（hào）賭或嗜賭、好（hào）吃或貪吃。爛瞓豬、爛賭鬼，普通話分別說：瞌睡蟲、賭棍（或賭鬼）。

二. “爛＋癮”：爛癮、爛戲癮、爛煙癮，普通話分別說：癮頭（兒）大、戲癮真大、煙癮真大。

笨、蠢、傻的區別

一般說來，“笨”在普通話比廣東話詞義廣泛些：1. 不聰明：你真笨，講了半天都不明白。罵人蠢笨，普通話說“笨蛋”：你怎麼那麼笨蛋哪。你真是“老太太上雞窩——笨蛋”(“奔蛋 bèndàn”，意為跑去拿雞蛋）。2. 不靈巧：這個人嘴真笨。手腳笨。3. 笨重：這種傢具樣子太笨。4. 費力氣的：這幾年笨活兒都用機器做了。

上述的“笨”，在廣東話都不能照用：義項 1，要用“蠢”；“笨蛋”要說“蠢材”。注意：普通話“蠢”和“笨”同義，但獨用時廣東話慣說“蠢”，普通話慣說“笨”(“蠢貨”可以說，但笨蛋、笨傢伙更口語化。“蠢才”是很少說的。）不過含蠢或笨的複音詞是粵、普都用的，只是不大口語化，如：蠢笨、愚蠢、愚笨、笨拙等。義項2、3，廣東話說“論盡”：把口好論盡、做嘢好論盡、呢種傢俬個樣好論盡。義項 4，普通話“笨活兒”，廣東話說“粗重工夫”。

另一方面，廣東話“笨”又可指頭腦糊塗、容易受騙，普通話沒有這樣的用法，應該說“傻”：咁貴都買，真係笨——這麼貴也買，真傻。搵笨——找人當傻瓜、抓冤大頭。俾人搵笨——當了傻瓜了、當冤大頭了。順便説説，廣東話“老襯”，普通話就説“傻瓜、傻蛋”。

至於“傻”，粵、普都可指“糊塗、不明事理”或“智力低下”。如：傻傻哋〔dei^{2}〕——傻乎乎、詐癲扮傻——裝瘋賣傻、詐傻扮懵——裝傻充愣、傻仔——傻子、傻瓜。不過，“傻”在普通話還指死心眼、不知變通，如：傻幹（廣東話：埋頭埋腦做嘢）、傻等了一個鐘頭（廣東話：戇居居等咗一粒鐘）。

識、懂、會的區別

這三個詞看似簡單，但本地人常有誤用，原因是三者在廣東話和普通話的詞義和用法有相同的，也有不同的，甚至是不對等的交叉換用。因此很有必要分析一下：

一. 如何用“識”

先說“識”。此字唸dzi³/zhì時，廣東話和普通話都有同樣的詞義和用法，1. 記憶：博文強識。2. 記號：款記。本文不談此義。

“識”唸sik¹/shí時，彼此的詞義和用法有同有異。相同的是，1. 表示“見識；知識”：學識、常識、有識之士。2. 表示“認識”：識字、識貨、識破、素不相識、有眼不識泰山、感性認識。

雖然，“識”在廣東話和普通話都有“認識”一義，但彼此用法有同有異：較書面性的用法和搭配，彼此是相同的，如上段所舉的例子就是。

但是用於日常口語場合，也就是獨用時，就很不一樣了：廣東話還是用“識”，如：識呢個字、識（或“識得”）佢、唔識（或“識得”）這種草藥。但說普通話，就不能用“識”，要用“認識”才行。造成這種不同，主要有兩個原因：一是廣東話保持文言用法，在日常口語裏“識”也可以獨用。但在現代漢語普通話就要用複音詞“認識”。二是 sik[1] 這個音節在廣東話同音字少，其中只有“識”是動詞，其他的“式、色”都是名詞，不容易產生歧義。而普通話 shí 這個音節有不少同音字，除了“識”還有“食、蝕、拾、時、石、十、實、什”。日常口語裏如果只用單音詞“識”，就容易產生歧義。

另外，廣東話的“識”還有普通話“懂”、“會”的詞義。“識＋名詞”如說：識英文、識普通話。“識＋動詞”如：識揸車、識游水。在普通話，前者要說成“懂（或會）＋名詞”：懂（或“會”）英文、懂（或“會”）普通話；後者只能說成“會＋動詞”：會開車、會游泳。

正因為廣東話“識”在普通話可說作“會”或“懂”，很多學員也就照推照用（不知道只在“識＋名詞”才可如此），於是“懂開車”、“懂做”的粵式普通話就滿天飛了。

再說說“識做、唔識做”，對譯為普通話一般是“會做、不會做”，如：我識做詩——我會做詩。但用於俗語就有點兒不同，廣東話常說：我識做㗎嘞。普通話要說：我知道（應該）怎麼樣做的。廣東話又常說“（這個人）真係識做”，或中英夾雜說“識 do”，意思是“會處理事情、奉承或體諒人家”。普通話口語可說“會來事兒”。

二. “懂做”為什麼是錯的

“懂”是動詞，詞義是“知道”、“了解”。“懂”在普通話口語和書面語都很常用。例如作謂語的：懂英語、懂得、懂（得）你的意思、懂事、懂行、我懂了，你懂不懂。作補語的：聽得懂、老師講的課我聽懂了、看不懂、學了半天還沒學懂。

有意思的是，“懂”在廣東話只多在書面語或正式的口語場合使用。上述例詞例句可以在書面語，例如文章、報刊、書籍中使用，是標準説法，與普通話相同。口語唸説則只出現在正式的場合，例如唸背課文、詩歌等。日常口語（平常人們説話）都是不用“懂〔duŋ²〕”的，而多半兒代之以“識”、“會”或“明”的。

於是，第一段裏的例子，廣東話分別説作：識（或“會”）英文、識得、我明你嘅意思、明事理、在行、我明（或“識”）嘞，你明唔明、聽得明、老師講嘅書我聽明嘞、睇唔明、學咗成日仲未明。順便説説，這裏的“明”如果説普通話就要用“明白”。普通話的“明白”意為“清楚”、“明確”，比“懂”深入一步。

正因為“懂”在廣東話日常口語不用，而普通話則常用，因此學員就容易不分場合，凡是要講“識”的地方就用普通話説“懂”。“懂開車”、“懂做”、“懂用”等“懂＋動詞”的粵式普通話就滿天飛了。

為什麼“懂開車”之類的説法是錯的呢？還因為“懂”的詞義是“知道”、“了解”，我們當然不能説“知道開車”、“了解開車”。

廣東話“識”與動詞連用，意思不是“懂”而是“會”，即表示懂得怎樣做或有能力做（多半指需要學習的事情）。

如：我不會溜冰、這孩子剛會走路，還不大會説話。這裏的“會”，廣東話都是説“識”的。所以，廣東話“識(＋動詞)”，相應地普通話要説“會”，不是“懂”。如果一定要用“懂”，可以説成“懂＋怎麼／怎麼樣＋動詞”，如“我不懂怎麼／怎麼樣開車”。但這樣意思有些不同，就相當於廣東話“我唔識點樣揸車”了。

三．“會、識、懂”的異同

“會”有很多義項，與“識”、“懂”近似的只有三項。1. 作動詞，意為熟習；通曉：會英文、我也會這首歌。又作助動詞，意為懂得怎樣做或有能力做某事：會説普通話、不會開摩托車。2. 作助動詞，意為善於做某事（前面常加“很、真、最”）：很會唱歌、這傢伙最會看風使舵。

以上義項和用法在廣東話和普通話都是一樣的。唯一不同的是：普通話只有上述一種説法，就是用“會”。而廣東話則有兩種説法：書面語和正式口語裏用“會”，與普通話相同；但在日常口語裏往往都説“識”，人們平常的説話都是這樣：識英文、我都識唱呢支歌、識講普通話、唔識揸電單車、好識唱歌、呢條友最識順風駛㷫。這裏的“識”是方言用法。

不過，由於普通話口語和書面語(這書面語也就是廣東話的書面語)的影響和推動，很多操廣東話的人在日常口語裏已逐漸摒棄廣東話的説法，採用普通話的説法了。例子很多，如：人客、經已、差唔多、頸渴、出年等等廣東方言説法，在人們的日常口語裏都經常説作：客人、已經、差不多、口渴、明年，也就是使用普通話的説法了。所以，上述例子中的“識”（方言用法）在言談話語裏，很多人都常常説“會”（普通話用法，也就是標準用法）了。

另外，說說普通話"會兒"、"一會兒"的詞義和用法。這與"識"，"懂"的詞義無關，不過，因為廣東話沒有"兒化"，使用起來有些困難，以下幾點要注意：

首先是讀音問題：1. "會兒"應兒化，因為與"會"詞義不同，這是公認的必讀兒化詞。2. "會兒"應唸去聲，但很多北方人都唸作上聲，可算俗讀。但唸上聲不宜提倡，因為這無形中把只讀一音的"會"改讀多音了。字、詞典一直是標去聲的。近來電台、電視節目也多唸此音了。

"會兒"指很短的一段時間，是"一會兒"的簡說。用於動詞之後作賓語或與"這"、"那"、"哪"連用，可說"一會兒"、"會兒"，日常口語多省說作"會兒"。如：等（一）會兒、用不了多大（一）會兒、這（一）會兒他上當了。別的時候就只能用"一會兒"，如：一會兒一個樣、一會兒的工夫、一會兒就回來、一會兒晴一會兒陰。

"（一）會兒"對譯為廣東話說"一陣"。注意：普通話有"一陣兒"或"一陣子"。指動作或情形繼續的一段時間，如"一陣兒掌聲"。也就是說：廣東話"一陣"相當於普通話"（一）會兒"和"一陣兒（或'一陣子'）"。

“茅房”不是“茅屋”

“房”和“屋”都是建築物，這兩個詞在普通話的詞義有同有異。據《現漢》修訂本，“房”與此義有關的解釋是：1. 房子。2. 房間。“屋”的解釋是：1. 房子。2. 屋子（也就是“房間”，筆者注）。“房”和“屋”都有相同的解釋，怎麼區別和使用呢？

廣東話“房”、“屋”的概念，與普通話是相反的：買屋——買房子、屋租——房租、屋主——房主。為什麼呢？還有，屋檐、屋頂、屋宇、屋脊……要不要改說“房×”？

不少學員對這些問題感到困惑，我們可以分析如下：“屋”在古代漢語指有牆、頂、門、窗的整個建築物。“屋”在廣東話保存了古義，指整所房子，所以廣東話“買屋”，普通話就是“買房子”。這是廣東話“屋”作名詞，單獨使用時的情況：普通話多指“房子”。“同屋住（音“主”）”倒是例外，說“同住的”。而“房”在廣東話指房間，如：租間房、頭房、一廳兩房，普通話分別說，租間屋子、外屋、兩室一廳（這是新詞兒，或說：兩居室）。

“屋”在廣東話作定語，修飾另一名詞時，有兩種情況：

結構不大緊密的詞，如：屋頂、屋檐、屋租、屋契、屋主、屋會等，普通話可照說照用，但較書面化；最好說作“房頂、……”。不過“屋頂花園”是個專用詞，就不能說“房頂花園”了。第二種情況：結構緊密的詞，也就是書面語詞，普通話也照說“屋”，如：屋宇、屋脊（世界屋脊）、屋頂花園。注意：“茅屋”、“茅房”的意思是不同的，普通話“茅屋”指的是土牆草頂的簡陋房屋。“茅房”與“茅廁”一樣，都是“廁所”的口語說法。廣東話用法同此，但少用“茅房”，多用“茅廁”。另外，廣東話方言詞“屋企”要說“家裏”或“在家裏”。“搬屋”就說“搬家”，不過“搬屋公司”除了說“搬運公司”之外，近年來《北京晚報》也照用了。

因近年來受香港粵語引入日語的“屋”的影響，在大陸，鞋屋、咖啡屋等已大行其道，這另當別論。

還有要注意的是，“屋子”在普通話指房間。如說：一個人住一間屋子（不等於廣東話“一個人住一間屋”）。至於“房子”，在普通話指整所建築物如：買房子、一所房子、新房子。“房”可指房間，如說：單人房、書房、健身房。又可作為“房子”的總稱，用於：房屋、房地產、樓房（廣東話“樓宇”）、洋房（廣東話“洋樓”），彼此是一樣的。最後，“書房”與“書屋”的意思有些不同，“（書）房”指房間；“（書）屋”指房子，書屋在香港常指小書店。廣東話和普通話都照用。

雞子兒不是小雞

一

“雞子兒”不是小雞，而是雞蛋，“鴨子兒”不是鴨子，而是鴨蛋。北京人都這麼説，《現漢》注明是口語説法。

“蛋”多指“鳥、龜、蛇等所產的卵”(《現漢》修訂本)。北京人對“蛋”有所忌諱，“蛋”常用於譏諷人、罵人的詞語裏，如：傻蛋、笨蛋、屎蛋、渾蛋、壞蛋、王八蛋、窮光蛋、搗蛋、滾蛋等等。於是，“攤雞蛋”説“攤黃菜”。去了殼煮雞蛋説“臥果兒”。“蛋花湯”説“木犀（xī）湯”，這一方面是為了忌諱，另一方面也是為了討個美名。又因為“子兒”可以指卵，如“魚子兒”，於是北京口語就管雞蛋、鴨蛋叫“雞子兒、鴨子兒”。不過普通話還是説雞蛋、鴨蛋的。

在發音上要注意的是：雞子兒、鴨子兒中的“子兒”，是兒化韻zǐr，而不是兒韻zǐ ˈér，也就是説要唸成一個音節，不要斷開。這當中還有點音變，實際讀音應該是〔zǐər〕。因為zǐr不好唸，〔zǐər〕就容易唸了。

二

“蛋”用於上述詞義、詞例都唸dàn，沒有兒化。不過“蛋”還可兒化，“蛋兒”指球形的東西，如：泥蛋兒（泥球兒）、山藥蛋兒（有些北方地區對馬鈴薯的叫法）、魚蛋兒（廣東食品“魚蛋”）。這些詞在書面上“兒”可省去，但唸音應是dànr。

“好傢伙”不指人

“傢伙”一詞廣東話用得很少，構成詞語所用的也只有一兩個。“弊傢伙”指事情辦壞了，通常可以只説“弊”：弊（傢伙），唔記得帶鎖匙添。普通話就説：糟（糕），忘帶鑰匙了。另一個詞語“乜傢伙（‘夥’變讀如‘科’）”是“乜東東”的詼諧説法：呢個係乜傢伙嚟㗎。普通話説：這（究竟）是什麼玩意兒啊。

“傢伙（輕聲）”也作“家伙”，在普通話大派用場。其詞義有五：1. 指工具：“你這兒傢伙多，有改錐（廣東話：螺絲批）吧。”這時候，“傢伙”對譯為：架鑠或架生。2. 指武器，如槍支、匕首等。龍老二摸了摸腰裏的傢伙：“哥兒們，硬的都帶着哪！”（老舍《上任》）這裏的“傢伙”廣東話説，炮（指槍）或架鑠（指刀棍等）。3. 指人，通常表示輕視或開玩笑：壞傢伙、老傢伙（廣東話：老嘢；老坑）、笨傢伙（豬頭炳）、好吃懶做的傢伙（好食懶飛嘅友仔）、那傢伙不地道（條友好寸、好衰）。不過，小傢伙（兒）一詞例外，這是對小孩子的稱呼，含親暱意（廣東話：細路、細路仔）：這小傢伙長得挺可愛。4. 指牲畜（廣東話：畜生或動物）：這傢伙挺聽話的。5. 指鍋盆碗筷（廣東話：砂煲罌罉）：吃完飯還沒刷傢伙呢。

值得注意的是："好傢伙"並不指人，不是"好人、有本事的人"。它是一個詞，不是"好"加"傢伙"。《現漢》修訂本注為"嘆詞"，表示驚訝或讚嘆。相當於廣東話的"嘩"（與普通話的"嘩"同形異義）。

"嘩塞"是什麼

"嘩"的用法在廣東話和普通話有同有異。

相同的是表示"聲音大"：喧鬧、喧嘩、嘩然（全場嘩然）、嘩變、嘩笑、嘩眾取寵、寂靜無嘩，詞義、用法彼此是相同的。要注意的是，學生往往受廣東話讀 wa（陰平）的影響，說普通話時錯唸為 wā 或 huā，正確讀法應是 huá。

其次，很多學生不知道，"嘩"在普通話可作象聲詞（唸 huā），形容關門、倒塌、風吹等聲音。廣東話口語不是這樣用的，試看：鐵門嘩的一聲關上了；廣東話：嘭〔baŋ〕（陽平）一聲。流水嘩嘩地響；廣東話：嘭嘭（陽平加陰上）聲。嘩啦一聲（又說"嘩啦啦的"）牆倒了，廣東話：□〔bum¹〕一聲。雨嘩啦嘩啦（又說"嘩啦啦"）地下；廣東話：沙沙（陽平加陰上）聲。大風把紅旗吹得嘩啦嘩啦（又說"嘩啦啦"）的；廣東話：□□〔fakfak〕（陽平加陰平）聲。

特別一點的是：嘩在廣東話唸 wa（陽平）時有其方言詞義，就是上文提到的，表示驚訝或讚嘆：嘩，咁貴㗎。嘩，真係犀利。這時，普通話就說：好傢伙、嗬（hē）或嚄（huò、huō）。不過，近年來北京人受到粵語北上的影響，也吸收了廣東話wa的唸法和詞義，說（或寫）“哇”（一、四聲均可）或“哇塞”（可能是吸收廣東話嘩嘥〔hai²〕改造的。“塞”唸sāi、sài、sai均可，取決於語氣）。如《北京晚報》：哇，全部商品特價酬賓；昨晚那場演唱會，哇塞，簡直沒治了(嘩。簡直冇得頂）。

戳脊背

“戳”字在廣東話用得不多，而且多用於書面性的詞語中，如“戳穿”；“戳記”；“日戳”；“郵戳”。

與此相反，“戳”字在普通話卻大派用場，除上述用法外，還有：

一. 用力使長條形物體的頂端向前觸動或穿過另一物體。與此相應，廣東話說“督”或“刮”。如：這種紙一戳就破（廣東話：呢停紙一督／刮就穿）；用錐子在木板上戳個洞兒（用個錐喺塊板處刮個窿）。用於比喻用法，如：戳穿他的鬼把戲（廣東話常說“拆穿”）。

慣用語有“戳脊樑骨”、“戳脊樑”或“戳脊背”（“脊樑(liang)骨”就是“脊柱”；“脊樑”就是“背脊”。普通話少說“脊背”），直義是用長條形物體向前觸動人家的脊背，其轉義則是比喻在背後議論或指責別人。此語與廣東話“督背脊”如出一轍，惟妙惟肖。

上述說法常見於小說、報章，如：只要沒人戳爸爸的脊背，媽媽不論受什麼苦，也是值得。（張潔《祖母綠》） 你自己還覺得幹的那事挺美，其實，不知有多少人在戳你的脊梁骨呢！（報刊） 姑娘們的心思有一點是一致的：自己的男朋友不佔壓倒優勢，至少也別讓人背後戳脊梁骨。（報刊） 你也該想想，為了給女兒調動工作，你的脊梁骨都叫人戳破了，你這樣做合適嗎？（慣用語專著）

二. 長條形物體因猛戳另一物體而本身受傷或損壞：打排球戳了手（廣東話，下同：屈𠹌手）。鋼筆掉地上，尖兒戳了（屈攣咗）。

三. 豎立（長條形物體）：把旗杆戳起來（戙起枝旗杆）。比喻用法：人家都幹活去了，你怎麼還戳在這兒（人哋都去開工嘞，你做咩仲戙喺度）？

四. “戳兒”、“戳子”是圖章的口語說法。“手戳兒”指刻有某人姓名的圖章，即廣東話“私章”。“蓋戳兒”、“蓋戳子”（“蓋”也說“打”）是“蓋章”的口語說法，即廣東話的“揼印”或“㩒印”。

揪辮子

"揪"的意思是：1. 緊緊地抓；2. 抓住並拉。這個字在廣州話唸 dzɐu[1]，與"周"同音，它基本上不派什麼用場。常說的有"揪痧"一詞，這是民間治療某些疾病的一種辦法。通常用手指揪頸、喉、額等處，使局部皮膚充血以減輕內部炎症。還有，日前看電視劇，聽到有一句對白"畀人dzɐu[1]"（按：被遞解回大陸）。這裏的 dzɐu[1] 應是"揪"了，當然口語也可說扚〔dik[1]〕。

"揪"在普通話唸 jiū，與"究"、"糾"同音，它很常用，很口語化，對譯為廣州話是一對多的關係，揪耳朵——搣耳仔。揪着繩子往上爬——搣住條繩向上擒。一把揪住小偷兒的領子——一手執住賊仔嘅衫領。這三例的"揪"也可說作"抓"。把他揪過來——揼〔tsiŋ[3]〕（或扚 dik[1]）佢過嚟。至於像"揪出一個壞蛋"、"把×××揪出來"之類比較書面化的用法，已屬比喻義，廣州話可照用"揪"。

"揪"在普通話還用於固定詞語中。1."揪辮子"比喻抓住缺點，作為把柄，也說"揪小辮子"，這裏的"揪"也常說"抓"。廣州話相應說法是"抽後腳"或"抽揼"。2."揪心"意為放不下心；擔心；掛心，如：這孩子功課老跟不上，真讓人揪心。廣州話可說“擔心”。3.“揪心扒（bā）肝”形容擔憂之甚，廣州話可說“提心吊膽”。4.“揪心錢”意為心懷吝嗇之念所花的錢，如：既然捨不得，你就別花這揪心錢了。廣州話可說“肉緊錢”。

倒爺

本文談談"倒"和"爺"在普通話和廣東話的不同用法。

一. 倒（dǎo）

1. 轉移；轉移。"倒車"指中途換車，也可說"轉 zhuǎn 車"。廣東話則說"轉車"或"過車"。"倒班"意為分班輪換，如：晝夜倒班。廣東話說"輪班"。"倒手"意為從一個人手上轉到另一個人手上，如：一倒手就賺幾千塊錢。廣東話說"轉手"。

2. 騰挪。如：地方太小，倒不開身兒。廣東話說"轉"或"郁"。

3. 將企業的設備、商品等全部出售，由別人繼續經營。如：舖子倒出去了／出倒了。廣東話說"頂"或"頂手"。

4. "倒賬"指收不回來的賬，也說"呆（dāi）賬"、"爛賬"。廣東話說"壞賬"。

5. 以投機倒把的手段買進賣出（物品、批文等），牟取利潤。如：倒騰（本詞還有一個意思是“翻騰”；“移動”）彩電。倒買倒賣（也説“倒販”、“倒賣”）、倒匯（即“倒賣外匯”）、倒郵（即“倒賣郵票）。這個詞義即廣東話的“炒”，“炒買炒賣”、“炒賣外匯”、以至“炒賣郵票”，在大陸已經使用得很普遍了。

由此所產生的“倒爺”或“倒兒爺”指的是跑單幫的商販，也指從事倒買倒賣而牟取利潤的人（前者廣東話説“水客”；後者説“炒家”）。外國人從事此業者則是“洋倒爺”。“官倒”指當幹部的倒爺。“大倒爺”或“大倒”指從事這種活動的國家機關或部門。“小倒爺”或“私倒”指以私人身份從事這種活動的人。

二. 倒（dào）

1. 普粵用法相同。表示顛倒、相反或倒出，如：倒數（計時）、倒退、倒垃圾。不過，普通話“喊倒好兒、倒車、倒茶”廣東話口語説：“柴台、褪〔tɐn³〕車、斟茶”，書面語可照用。

2. 普粵用詞習慣有別：“倒”在普通話可作副詞，1) 表示跟意料相反，如：你這樣倒顯得見外了。2) 反説，如：你説得倒容易，做起來就難了。3) 表示讓步，如：去倒想去，不過今天不行。4) 表示不耐煩而催促，如：你倒説不説呀。另外，各義項的“倒”還可説“倒是”：義項1) 可説“反倒”。至於廣東話，書面語可照用普通話的説法，口語裏上述義項分別説：反為、梗係、係、究竟。

普通話讀音方面，不少人受廣東話影響錯唸成dǎo，這是需要注意的。

三. ×爺

“爺”本是北京話對成年男子的客氣稱呼。“爺”唸 yé，有時也唸輕聲或說“爺兒”。近年來，“×爺”格式的詞不斷產生，頻繁使用。“×爺”多指中年男子，也泛指男人，有時也指女人。常含譏諷、厭惡意（“的爺”有時例外）。

“×爺”的用法有：1. 稱從事某種行業的人：倒爺、倒兒爺（做倒買倒賣的人）、板兒爺（謔稱蹬平板三輪車掙錢的人）、的爺（開的士的人）、班爺（辦補習班賺錢的人）、包爺（包攬訴訟案件、給當事人斡旋而從中漁利的人）、攬爺（招攬旅客住宿從中得利的人）、托兒爺（冒充顧客幫助經營者兜銷的人。香港粵語說：街頭騙子）。2. 稱具有某種特點的人：款爺、款爺兒（即“大款”，指掙大錢的、有錢的人。男女可用）、息爺（坐吃利息的人）、捧爺（善於吹捧別人的人）、侃爺（愛侃大山的人；能說善吹的人）、卡（qiǎ）爺（以權卡人者）、冒兒爺（戲稱“傻冒兒”，即土裏土氣、傻頭傻腦、沒見過世面的人）。

至於廣東話對譯，一般都可照普通話說法照唸照用，個別詞則有口語說法，如：有錢佬、富婆——款爺、大款（男女通用。專指女性說：款姐、女大款）；口水佬——侃爺。

有趣的“包”

一

“包”有很多詞義。作動詞和量詞時，廣東話和普通話的詞義和用法都是一樣的，如：包含、把書包好、包一輛車去旅行、包你滿意、一包米等。

作名詞時，書包、蒙古包廣東話跟普通話一樣。不過，指包好了的東西，普通話要說“包兒”(“兒”常不寫出來，但要唸出r來），如：紙包兒、藥包兒、郵包兒、錢包兒、紅包兒、打個包兒。這時廣東話只說“包”。另外，普通話的“包”可指物體或身體上鼓起來的疙瘩，如：樹幹上有個大包、腿上長了個包、腦門兒碰在門上起了個包。這時廣東話就不能說“包”了。用於例一、二，可說“(嚿）嘢”；用於例三，“起了個包”就說“起高樓”。

普通話“包子”、“包兒”或“包”可指食品，如北方有菜包子、肉包子、素包子、糖包兒、豆包兒(單用時，通常說“包子”，如：買包子、蒸包子、吃包子一個包子，都不說“包兒”。），廣東話就只說“包”了。至於南方的小籠包、叉燒包、豆沙包、蓮蓉包以及西式的麵包、牛角包等，普通話跟廣東話一樣。

普通話有慣用語“肉包子打狗——一去不回頭（或‘有去無回’）”比喻東西拿出去收不回來或人一走就不回來。廣東話與此類似的是：“棉花跌落地（或‘棉花打鼓’）——冇音。”

二

更有趣的是，“包”或“包子”在普通話可指人，而且常含詼諧意或譏諷意；廣東話則有時說“包”，有時用別的詞，而不說“包子”，感情色彩倒是與普通話一樣的。試看：

普通話	廣東話
受氣包（兒）	受氣包
眼淚包、哭包子	喊包
土包子、土老帽兒、老土	土佬
病包兒	病壞、病貓、病君
壞包兒	衰鬼、衰人
屣包、糠包、草包、膿包	孱仔
死丫頭、臭丫頭	死女包
小王八蛋、臭小子	死仔包

此外，普粵都有用“包”的慣用語，但說法有不同。普通話“包乾兒 bāogānr”意為對一定範圍的工作保證全部完成。如：剩下的掃尾活兒由我們小組包乾兒、分段包乾兒。廣東話說“包起晒、包辦”。普通話“包圓兒”（也作“包餘兒”，都唸 bāoyuánr）意為 1. 把貨物或剩餘的貨物全部買下；沒關係，再多我也能～。2.（指工作）全部擔當：剩下的零碎活兒

我～。3. 把剩餘食物吃光（含詼諧意）：我們吃不了，你～啦。廣東話可說“包辦”或“包底”。

“他媽的”不一定是罵人

很多人都知道“他媽的（或只說‘媽的’）”、“操他媽的”是粗話，相當於廣東話“丟”、“丟那媽”。往往用於罵人或對人生氣時衝口而出。不過，這只是其中的一種用法，另外還有些用法可能是有些人不了解的，現介紹一下：

首先，“媽”字的讀音，不少本地學員唸得太低，像是廣東話的“麻”，或類似普通話的“馬”，應唸 mā。還有“的”應唸輕聲 de，不唸“敵”、“第”。

其次，“他媽的”、“媽的”很多時候只是某些北方人的口頭語，文化程度低的人更甚，也就是說話時不自覺地說出來的，這“他媽的”可使語句口語化並加強其褒貶語氣。如“你他媽的上哪兒去了啊，讓我好找！”、“這他媽的什麼玩意兒！”、“還吃他媽的個屁！”這種用法與廣東話的“鬼”異曲同工，上述三例相當於廣東話“你去鬼咗邊度吖，等我搵餐懵嘅！”、“呢個係乜鬼嘢吖！”、“仲食鬼食馬咩！”。另外，“真他媽的＋形容詞”或“可他媽的＋形容詞＋了”，可褒可貶，如：這酒真他媽的棒、那傢伙可他媽的壞了。這裏的“他媽的”廣東話可說作“鬼死咁（陰去聲）”。當然，“他媽的”有點不大文雅，且多為男性所用。

第三，“他媽的”或“媽的”用於罵人時，可說作“他娘的（少只說‘娘的’）”“他奶奶的”“奶奶的”“他姥姥的”“他妹妹的”。還可說作“你媽的”“你娘的”“你奶奶的”。

第四，上述說法都是習用語，本身就是一個固定詞組，不能嵌入其他成分，也不能作定語使用。所以我們不能重疊說作“他媽媽的”“他娘娘的”“你媽媽的”“你娘娘的”，也不能省去“的”只說“他媽”“他娘”“他奶奶”“你奶奶”“你媽”“你娘”，這些說法都有其本身實在的詞義，與加“的”的說法不同。如可說“他媽媽的朋友在香港”“他奶奶身體不錯”。

第五，普通話疊音親屬稱謂在前接人稱代詞時，口語常只用一字，廣東話則用“亞＋單字”，如：我爸（我亞爸，陽平）、你姐、他媽。還有“他＋單音親屬稱謂”可前接人名或“小孩”等表示人的名詞，如：張三他媽（張三亞媽）、小孩他媽（亞仔個媽）。這時候的用法，當然與前四點風馬牛不相及了。

所以，把廣東話“佢亞媽嘅書”說作普通話就要小心了。可以說成“他媽的書”，但有歧義，最好說成“他媽媽的書”。

與“行走”有關的詞語

對比與“交通、行走”有關的詞彙，可以發現，中港台的使用有很多相同的地方，普通話吸收了“巴士”，重新起用了“的士”是一個進步。以下對比一下有關的詞語。

一. 巴士　“巴士、大巴、小巴”這類詞已通行無阻。北京有行走西單至機場的班車，車身上就寫着“機場巴士”四個大字。不過，這些詞往往帶有洋味，老百姓對“巴士”還是多說公共汽車、公交車。“雙層巴士”就說“雙層車”。“機場巴士”就說“班車”。“小巴”就說“公共小車、小公共”。在東北地區“大巴、小巴”說“大客、小客”，“客”即“客車”之省。不過，香港說的“空中巴士”（大型客機）內地叫“空中客車”。“公共汽車”在台灣稱為“公車”（普通話“公車”指公家的車，尤指自行車），私人公司的稱“巴士”，如：大有巴士（“大有”是公司名）。“小巴”則沒有。

二. 的士　英語taxi譯為“的士”，是幾十年前的事了，“的士”一詞曾被淘汰（只說“出租（汽）車”），近年來又大派用場。不過，北京人少說“的士、坐的士”（用起來帶有洋味）。奇怪的是，竟偏愛這個“的”，如“打的、打個的”相當流行。這是來源於廣州粵語的，普通話接受了（當然也常說：打車、打個車、叫出租）。更有甚者，用“的”構造的詞大行其道，這不禁使原產“的士”的廣東人刮目相看：作為廉價的士的“麵包車”（van仔）就稱“麵的”，人們常說“打個麵的”。有人用平板三輪車或摩托車謀生、載客，此車就叫“板的、摩的”。殘疾人士的“座駕”用於謀生載客就稱“殘的”。高級出租轎車就稱“豪的”。出租汽車司機按性別、年齡不同會被稱為“的爺、的哥、的姐”、出租車司機給乘客的票據叫“的票”。如此豐富多彩的“的系列產品”使我們大開眼界。讀音方面，這裏“的”應唸dí，但很多人都唸dī，以增加它的洋味兒。

另外，taxi在新加坡譯為“德士”，對香港人來說倒不如“的士”更親切。還有，台灣意譯為“計程車”，《現代漢語詞典》修訂本注其為“方言說法”，筆者認為可榷。“計程車”比“出租（汽）車”的詞義更清晰、準確。內地使用也越來越多，應看作普通話詞。

三. 計價器　全稱是“里程計價器”，就是廣東話說的“咪錶”。

四. 起價　意為計價器起跳的價錢，即廣東話“起錶”。廣東話“起價”指物價提高，普通話說“漲（zhǎng）價、提價”。“起價”在廣東話和普通話同詞異義。

五. 堵車　廣東話說的“塞車”（台灣也如此），普通話多說“堵車”，也說“塞（sāi）車”。書面語是“交通堵塞（sè）、交通阻塞”。

六. 紅綠燈　指揮車輛通行的信號燈，即廣東話“交通燈”。見到紅燈還繼續往前開，叫“闖紅燈”，廣東話叫“衝紅燈”。

七. 請勿擠靠車門，以免發生危險　這是北京地鐵車上提醒旅客注意乘車安全的警告用語。“請勿……車門”，北京用“擠靠”；香港用“靠近”，台北用“緊靠”，哪個說法更好呢？筆者以為北京的說法是首選，因為這裏用了兩個動詞——又擠又靠，更貼切、生動，語氣更強。香港和台灣只用了一個動詞——靠。香港的說法更糟，按《現漢》修訂本的解釋，“靠近”義為 1. 彼此間的距離近。2. 向一定目標運動，使彼此間的距離縮小。上述用語顯然用作動詞（義項2），但這樣用會產生歧義：因為乘客準備下車也必須走向車門也就是“靠近車門”。“勿靠近車門”也就別想下車了。

這一警告用語是想提醒乘客不要過於靠近車門，以免影響車門運作或壓開車門而造成危險，所以加上“擠”是很合適的——用身體或壓力施於某物。如果説廣東話要用“靠近”是因為“擠”只用於書面語，而“逼靠、迫靠”又顯得不倫不類，則可考慮用“緊靠”，詞義更準，唸起來也生動自然。

八. 自動扶梯　商場內作傾斜方向運動的電梯（elevator），內地叫自動電梯、電梯、自動扶梯（簡稱“扶梯”）。北京流行“滾梯”的說法，意為“滾動（前進）的電梯”。《現漢》增補本注為“自動扶梯的簡稱”。東北地區說“電扶梯”（台灣也如此）。香港說“扶手電梯、電樓梯”。

九. 立交橋　全稱是立體交叉橋，指的是使道路形成立體交叉的橋樑，不同去向的車輛可同時通行，台灣叫立交橋或交流道；香港叫行車天橋。似乎“立交橋”更有動感、富詩意，但“行車天橋”詞義明確。

十. 過街天橋　指的是為了行人橫穿馬路而在馬路上空架設的橋，也簡稱“過街橋、天橋”。此語比香港用的“行人天橋”更能突出橋的作用和建造目的。順便説説，廣東話管時裝模特在 T 型舞台上表演叫“行天橋”或“行 catwalk”，普通話說“走 T 型台、走 T 型舞台。”謔稱“走貓步”。

十一. 地下通道　指的是為了行人橫穿馬路而在馬路下面挖掘建造的通道。此詞不能簡化為“地道”，因為“地道”多用於軍事，抗日戰爭時就有名震中外的地道戰。此通道香港說“隧道”。雖然《現漢》有此解釋：“在山中或地下鑿成的道路”。究其用法，特為車輛通行或較長的居多，香港也有“獅子山隧道、海底隧道”。小小的過街地下通道也稱“隧道”似乎有點兒小題大做。

十二. 停車　此詞相當於廣東話“停車＋泊車”，如：前邊兒下，請停車；此處不准停車、停車場、停車樓。“泊”在普通話只用於船的停靠，指停放車輛是粵方言用法。另外，廣東話“車位”指停放車輛的位置，普通話也吸收了（還可說：停車位）。

十三. 坐蹭（cèng）車、坐便車。“坐”也說“搭”，即廣東話“搭順風車”。“蹭”意為“摩擦；免費得到（如：蹭了一頓飯，即廣東話黐餐）”。“便”即“方便”。

十四. 前邊把我撂（liào）下。即廣東話“前邊放低我”。“撂”意為“放、擱”。

夫妻的稱謂

關於夫妻的稱謂，普通話和廣東話都有很多詞語可用，現比較一下彼此的異同。

近數十年普通話最常用的是“愛人”，它兼指夫或妻。這個詞兒可用於書面語或口語；廣州粵語可照用，香港粵語則少用。其實，近年來“先生”、“太太”一詞在普通話已慢慢被起用了，特別是有文化的人或與港澳海外有接觸的人用得更普遍。

以下是一些更口語化的稱謂：

一. 男人　指“夫”，“人”字唸輕聲；“男人（rén）”意為男性的成年人。　*廣東話也說“男人〔jɐn²〕”。

二. 女人　指“妻”，“人”字唸輕聲；“女人（rén）”意為女性的成年人。　*廣東話也說“女人〔jɐn²〕”。

三. 孩子他爹、孩子他爸、××（孩子的名）他爹、××（孩子的名）他爸。妻稱“夫”。如：1. 孩子他爸，今兒晚上吃麵條兒吧。2. 你找小華他爹？上班去了。　*廣東話說“××老豆”。香港粵語還可只說“老豆”或說“爹哋〔di⁴〕，英文daddy”。

四. 孩子他媽，××（孩子的名）他媽　夫稱“妻”　*廣東話說“××老母〔mou^2〕”。香港粵語還可說“媽咪〔mi^4〕，英文 manmy”。

五. 老頭子　妻稱自己或別人的丈夫，年齡不限。注意：“老頭子”還指年老的男子（含厭惡意）。另外，本條也可說作“老頭兒”。不過“老頭兒”還用於稱呼年老的男子（含親熱意）。　*廣東話說“老嘢”。

六. 老婆子　夫稱“妻”，多用於年老的，也說“老太婆”注意：“老婆子”還指年老的婦女（含厭惡意）。另外，本條不能說作“老婆兒”。因為“老婆兒”用於稱呼年老的婦女（含親熱意）。　*廣東話說“老嘢”。

七. 那位　指“夫”或“妻”，前面一定要加上人稱代詞“我”、“你”或“他”：你那位是在銀行工作嗎？不，我那位是大夫。　*廣東話說“先生”或“太太”。

八. 那口子　指“夫”或“妻”，前面一定要加上“我”、“你”或“他”。參看“那位”的例句，可套用。　*廣東話說“先生”或“太太”。

九. 兩口子、兩口兒　指夫妻二人：兩口子都在工廠上班兒。特指年輕的夫妻，可說“小兩口兒”；指年老的夫妻可說“老兩口兒”或“老夫老妻”。　*廣東話說“兩公婆”。“小兩口兒、老兩口兒”就分別說“老公仔、老婆仔”“老夫老妻”。

十. 老伴兒　指年老夫婦的一方，如：1. 我老伴兒還很健康。2. 老頭兒都七老八十了，還想找個老伴兒。　*廣東話說“老嘢”。

十一. 老婆　指“妻”，“婆”唸輕聲。另外，對比“六、老婆子”。　*廣東話也說“老婆”。

十二. 老公　指“夫”。　*廣東話也說“老公”。“公”

字不能唸作輕聲。因為“老公 lǎogong”意為“太監”。

十三. 內人　對人稱自己的妻子，是文雅的說法。　*香港粵語說“內子”。注意：“內子”在普通話和廣州粵語多用於書面；台灣則常說常用。

十四. 外子　對人稱自己的丈夫。這個詞在普通話和廣州粵語多用於書面，香港粵語可用於口語，有文化的人多說；台灣也常用。

十五. 當家的、掌櫃的　在北京話可指“夫”。“屋裏人”或“屋裏的”“內當家的”“內掌櫃的”指“妻”。

同音近音同義詞的不同用字

比較廣東話和普通話詞彙，我們發現一批同音或近音的同義詞，其廣東話用字與普通話的習慣是不同的，學員應該了解普通話的表達並加以使用。造成這種情況有多種原因，常跟口語或文言有關（普通話多用口語），試看以下比較。

廣東話慣用	普通話慣用	説明
服侍	侍候	"服侍"同"侍候"，書面用詞
借鏡	借鑒	"借鏡"同"借鑒"，書面用詞
倚賴	依賴	"倚賴"同"依賴"，書面用詞
倉卒	倉促	"倉卒"同"倉促"，書面用詞。廣東話"卒""促"不同音；普通話"卒""促"同音。
小器	小氣	"小器"同"小氣"，書面用詞
（出）鋒頭	（出）風頭	"鋒頭"同"風頭"，書面用詞
藉口	借口	"藉"為"借"的繁體。普通話"藉""借"同音

玩意	玩意兒、玩藝兒	廣東話無"兒化"。普通話"意""藝"同音
獻世	現世	普通話"獻""現"同音
摩擦（唸磨擦）	摩擦、磨擦	普通話"摩擦""磨擦"同音
招數	着數、招數	普通話"着""招"同音
高招	高招兒、高着兒	普通話"招""着"同音
鴻運	紅運、鴻運	"紅"指順利；"鴻"指"大"
鴻圖	宏圖、鴻圖	"鴻、宏"均指"大"；普通話同音
報道	報道、報導	普通話"道""導"同音異調
(打破）紀錄	記錄、紀錄	普通話"紀""記"同音
漿糊	糨糊、漿糊	普通話"糨"音同"漿"，口語
煙花	煙火 (huǒ)、煙花、焰火	普通話"煙花"意為春色
打麻雀	打麻將 (jiàng)、打麻雀	普通話"麻雀"雖可指"麻將"，但多指鳥

容易誤用的同義詞

廣東人學習普通話時，要注意近義詞的使用，因為很多時候往往會受到廣東話的影響而錯用。這裏邊有詞義的問題，也有感情色彩和用詞習慣的問題。

一. 合格、及格

有些人誤說“(我考試)不合格”，正確說法是“不及格”。錯用有兩個原因，一是混淆彼此的詞義。《現漢》釋“合格”為“符合標準”，如：質量合格、產品出廠要有合格證、培養合格的接班人。“及格”指（考試成績）“達到或超過規定的最低標準”。這裏的解釋最清楚不過了，是專指考試成績的。出錯的第二個原因是廣東話“合”、“及”的聲母h、k較近，容易混淆(很多人說普通話也受到影響：“花huā”、“壞huài”常錯唸為“誇kuā”、“快kuài”）。這兩個詞在普通話的讀音很不一樣：“合格hégé”、“及格jígé”。

二. 班、級、年班、年級

“班級”是學校裏的年級和班別的總稱，廣東話和普通話用法一樣。如説：同級不同班、我的孩子編在一年級甲班。學生從較低班級升到較高班級，廣東話説“升班（反義是‘留班’）”“跳班”；這裏的“班”少説“級”。在普通話稍有不同，“級”和“班”都可説，説“級”更口語化些（見《現漢》修訂本“跳級”“升班”）。至於“年班”就大不一樣了，廣東話説“讀三年班”，這裏“年班”是方言説法（《現漢》及其《補編》、修訂本均無收錄），普通話要説“年級”。而“唸三年級”又比“讀三年級”更口語化。

三. 你、您

廣東話沒有“您”，學員説普通話往往也只用“你”。雖然普通話老師反復強調：“你nǐ”是一般稱呼，“您nín”是含敬意的“你”，是禮貌説法。可是很多人還是不習慣，説不出來。要知道對於長輩、上級、陌生人，稱“你”是很扎耳朵，很不禮貌的。北京人（不管男女老幼），對於非平輩、非晚輩的人，都是一張嘴就稱“您”的。廣東人一定要學會這個禮貌詞語。

另外，讀音不準也妨礙學員掌握這兩個詞，記住：“您”唸第二聲，有-n尾，要拉長一點兒。“給你”要唸“gěi nǐ ⟶ ˊ ˇ”，但“給您 gěi nín”不能唸作ˊ ˊ或ˊ ˇ。

（注：另請參看拙作《香港人學説普通話》一書中“你．您”一文。）

“班房”是給誰用的
——談談同形異義詞

一

本地人在學習普通話詞彙時，要特別留意與廣州話同形但異義的語詞，特別是多音詞。這些語詞的詞形（漢字）在廣東話和普通話都可以使用（當然讀音彼此常有不同），但所表示的詞義是很不一樣的，如果照搬照用就非鬧誤會不可。最典型的例子莫過於“班房”了。“班房”在廣東話（主要是香港話）意為“學校裏進行教學的房間”，也就是普通話的“教室”（廣州粵語也用“教室”，不用“班房”）。如果把香港話“學校裏有三十間班房”，照樣搬到普通話使用——用普通話唸說，或見於文字——那就不知所謂了。因為“班房”在普通話指的是：1. 舊時衙門裏衙役值班的地方。也指衙役。2. 監獄或拘留所的俗稱。可見普通話的“班房”相當於廣東話的“監、監倉”，如“蹲班房”、“坐班房”就是廣東話的“坐花廳”。

像“班房”這樣的詞，在廣州話和普通話裏是形同義別的，可稱為同形異義詞、同字異義詞。這好比“語言陷阱”，實在是本地學員需要特別注意的。拙作《廣州話・普通話口語詞對譯手冊》輯錄了一百四十多例，並指出了其異同。筆者又陸續收集了近百例，現詳析如下：

同形異義詞	該詞在廣東話詞義	該詞在普通話詞義	該詞廣東話對譯
幾（錢）	代詞，問數量	問不太大的數目；1-10之間的數	多少（shao）
電（人）	女人以美貌吸引男子	使（人）觸電	向（人）拋媚眼
滾（人）	欺騙別人	滾動；走開	騙（人）、吭（人）
（食）飯盒	用盒子盛的飯菜	用來盛飯菜的盒子	盒兒飯
銀兩	錢財、款項	做貨幣用的銀子	錢
（銀行）戶口	有帳務關係的人或團體	住戶和人口；戶籍	戶頭
行〔hɔŋ²〕貨	敷衍交差的產品	加工不精細的器具、服裝等商品	糊弄（hù·nong）事兒
胸圍	女性保護乳房防止下垂的用品	繞胸一週的長度	文胸、乳罩、胸罩
窗花	與窗相連的鐵框	窗上的剪紙裝飾	窗格子
庫房	保管和出納政府預算資金的機關	儲存財物的房屋	金庫、國庫
書記	文書及繕寫人	黨團組織負責人	文書；書記員
環境	關繫個人的情況	週圍、週圍情況	情況
滑溜	魚肉菜餚滑嫩	烹飪法	滑嫩
習作	學生的課後作業	練寫作；文章、繪畫等作業	作業；練習
實情	副詞；實際上	真實的情況	實際上
（等）一陣	很短的時間	動作或情形繼續的一段時間	一會兒

單打	諷刺、影射人	某些球賽的方式	影射
早晨	早上問候語	天將亮至八、九點鐘的一段時間	早、早上好
算數	不再計較	承認有效力；表示到……為止	算了、拉倒
放水	去小便（戲謔，男性多用）	把水放到某處 比賽中故意讓	上（shàng）一號
散水	指逃跑、解散	保護地基的斜坡	撒丫子（"丫子"指腳）
上車	兼指首次購買樓房	只指登上車輛	第一次購房、首次置業

二

不難看出，大批的單音詞和相當多的一批複音詞，在廣東話具有的詞義或使用範圍，往往較普通話更為寬廣。這些語詞，尤其是複音詞，往往使人望文生義，容易用錯。

同形異義也叫形同義別或同詞異義（見詹伯慧《現代漢語方言》）。這種現象的形成是由於"某些詞語在不同方言發生了不同的詞義變化"。"同詞異義在漢語方言中大量存在，是形成漢語方言詞彙差別的重要因素"（同前書）。以下繼續補充一些同形異議詞（有的是完全異義，有的是部份異義）。

應該指出，不能忽視當今粵語（特別是香港話）的影響，以致普通話也吸收了不少粵語詞或其用法，如："豪華、策劃、捧場"可以無貶意，"投入"、"強人"、"料理"分別增加了"投身、全力以赴"、"能人"、"烹飪主理"等義。某些香港特有詞，如"打理、總理、部長、大堂"更不在話下了。

同形異義詞	該詞在廣東話詞義	該詞在普通話詞義	該詞廣東話對譯
豪氣	捨得花錢吃喝	英雄氣概	大方（fang）
小菜	簡單平常的菜	小碟盛的下酒飯菜蔬；喻輕易能做的事	家常菜、便菜
疏通	疏浚；溝通雙方，調解爭執	送人錢財以求照顧	打點（dian）、活動（dòng）
姑娘	指護士或職業女性	未婚女子；女兒	護士；女士
上樓	兼指被政府安排到住宅樓	只指到樓上去	搬到住宅樓
上手	指與自己有關係的上一個人	位置較尊一側，上家；開始	上一任；上一個人
擦鞋	指諂媚奉承	把鞋擦乾淨	拍馬（屁）
脱稿	作者未能及時給報刊交稿	（著作）寫完	脱期
洗大餅	在飯館洗碗碟謀生	用水洗白麵烙的餅	洗盤子
小朋友	兼指兒女	只指兒童	孩子
天文台	兼指觀風的人	只指觀測、研究天體的機構	觀風的人
地中海	謔稱禿頭	海洋名	禿頭、禿瓢兒
一小撮	指極少，無貶意	指極少，含貶意	小部份
七七八八	（知道、做完）絕大部份	雜七雜八	百分之八、九十
示範單位	出售樓房時供人參觀的一套房子	可作典範供人學習的機構或部門	樣板房

如何表達謝意

在日常生活裏我們少不了會向人家表達謝意。如何表達謝意，廣州話和普通話各有異同。拙文“客套話”(載拙著《香港人學説普通話》) 談到了，不過意猶未盡，現補充幾句：

一.“多謝”、“謝謝”、“感謝”、“感激”的異同

這幾個詞相同點是向人表示謝意，不同點則是謝意的輕重程度不同，或使用的場合和搭配有些不同。“謝謝”、“多謝”的基本意思都是“對別人的好意表示感謝”。不同的是：“多謝”程度較重，答謝人家的饋贈或招待常用；“謝謝”則是一般説法，尤用於答謝人家的幫忙或恩惠。不過，廣州話常用“多謝”，少用“謝謝”(用“唔該”代替，見下文)；普通話則多用謝謝(可代替“多謝”，“多謝”有文言色彩)。另外，廣州話常用“真係多謝夾承惠”(“承”唸作“盛”，又“真係”一詞有時可省去)一語作反話，諷譏別人提供的幫助或饋贈之

東西，實意為“不希罕”、“不需要”。普通話可說作“太謝謝您了”(也作反話) 或“我才不希罕呢”。

至於“感謝”和“感激”，其意思也是基本相同的：因對方的好意或幫助而對他產生好感。實際上，“感謝”和“感激”比“多謝”和“謝謝”程度更強；而程度最強、最具體的應是“感謝”，其意為“感激或用言語行動表示感激”(注意：“感激、多謝、謝謝”常是口頭上的表示)。試比較：感激涕零；感激不盡；你對我這麼好，我真感激你；很感謝你對我的幫助；很感謝你送來的生日禮物。可見，“感激”更抽象些。“感激”和“感謝”這兩個詞在普通話都很常用；不過，廣州話則多用“感激”，少用“感謝”(以“感激”或“多謝”代替)。

另外，與上述四詞近義的還有：道謝——用言語表示感謝。答謝——受了別人的好處或招待，表示謝意(不僅口頭上表示，且常有行動)。酬謝——用金錢禮物等表示謝意。鳴謝——公開表示謝意，多為書面語用法，如：登報鳴謝、鳴謝啟事。璧謝——敬辭，書面語用法。退還原物，並且表示感謝，多用於辭謝贈品。感恩——對別人所給的幫助或恩惠表示感激。日常語體少用，常用於四字語，如：感恩圖報、感恩戴德，以上六詞的詞義和用法，廣州話和普通話完全相同。

二. “勞煩”、“煩勞”、“有勞”、“麻煩”、“勞駕”的異同

“勞煩”、“煩勞”、“有勞”的詞義完全相同，都是敬辭，可表示請託 (即請人做事)。要注意的是：廣州話只用“勞煩”或“有勞”，不用“煩勞”，如：勞煩你行一趟。普通話恰恰相反，多用“煩勞”或“有勞”，少用“勞煩”(因

其有文言色彩），如：煩勞您走一趟。另外，因請託而表示謝意，廣州話常說“勞煩晒”，普通話則說“煩勞您了”或“有勞您了”。順便說說，普通話還可用“勞動（‘動’唸輕聲）”代替“煩勞”表示請託，廣州話卻沒有這麼說的。

“麻煩”可作名詞或動詞。本文只談後者。“麻煩”意為使人費事或增加負擔，也可用於請託，如：麻煩你替我買張票。這在廣州話和普通話都一樣。不過，因請托而表示謝意，廣州話常說“麻煩晒”，普通話則說“麻煩您了”。

“勞駕”是客套話，用於請託、詢問或請人讓路，用於後兩者又可說“借光”。如：勞駕，把鹽遞給我。勞您駕，替我寫封信。勞駕，讓我過去。上述詞義和說法在普通話是常見常用的。不過，廣州話就少這樣用，這樣說了，通常都說作“唔該”。用“勞駕”表示謝意時，往往說“勞駕了”或“勞您駕了”，廣州話通常則說“唔該晒”。“勞駕了、勞您駕了”還可用於反說，略帶怨氣，如：“勞駕您（“您”重讀）啦，別吵了。”這時廣州話除了說“唔該”，還可說“好心喇”。

三. “唔該”應如何對譯？

這個問題在本文一、二兩節已略有談及，這裏作一小結：

“唔該”可表示請託、詢問或請人給予方便。如：唔該，畀張紙我。唔該，去火車站點行？唔該借過。對譯為普通話，前義可說“勞駕”、“勞您駕”、“麻煩你”、“煩勞你”。後兩義可說“勞駕”、“勞您駕”、“借光”、“借借光”或“對不起”。

“唔該”又可表示因受惠的謝意。人家給你服務（售貨、開門、讓路、傳遞東西、告訴資訊等），你說一聲“唔該”；對譯為普通話，可說“謝謝”、“勞駕了”、“勞您駕了”、“麻煩您了”、“煩勞您了”。如果你說“唔該晒”，普通話則要對譯為“太謝謝您了”、“勞您大駕了（本句不說‘你’）”、“太麻煩您了”、“太煩勞您了”。如果你說“真係唔該晒”。普通話則可說“可真……了”（“……”部份參考上句套用，不贅述）。

“唔該”還可表示因受助的謝意。人家給你幫助，你說“唔該”或“唔該晒”；對譯為普通話，除了可用“謝謝”、“麻煩”外，還可說“感謝”或“感激”。各詞請參閱上段套用，不贅述。

廣州話有“好耐都唔該”或“真係好耐都唔該”一語，言其對人感謝之深之切，意即日後很長一段時間都會感激、感謝某人。普通話可說作“我會永遠感激（或‘感謝’）您”或“我永遠都會感激（或‘感謝’）您”。

廣州話還有“一句唔該使死人”的俏皮話，指被人當便宜勞動力支使，得到的卻只是口頭上表示的謝意，說話者或有怨言，或只是開玩笑而已。普通話可對譯為“就說一句謝謝，使人夠狠的”。這是表示謝意的，但如果“唔該”表示請託，比方，有人要你做這做那，後來他發現弄錯了，又說一句“唔該”要你重做，你就可說“就一句對不起，使人夠狠的”。

要注意，廣州話“唔該先”或簡略的“唔該”（兩者都可加“嘞”）是既自謙又客氣的固定說法，專作人家問你“食飯未”之答語，實際意思是“食咗嘞”。究其由來，可能是“我食先過你嘞，唔該”的縮略和錯位。這裏的“唔該”是“多謝別人關心”之意。相應地，普通話也有一個客氣的固定說法：偏過了、我先偏了或用過了。這裏的“偏”是客套話，表示先用或已用過茶飯等。

最後順便說說“摱（man[1]）車邊”，此語意為借助別人而順便得到好處，有時也可用於表達謝意，比方說：多謝晒，我摱你車邊啫。普通話可說作：謝謝了，我沾你的光吧了。“沾光”又可說“借光”。

四. 如何表示答謝

人家向你道謝時，通常可以回答：不用謝（簡說“不謝”）、不客氣，這是比較正式一點的。輕鬆隨便一點兒，可說：沒什麼、不要緊（北方話也說“不打緊”）、沒事兒。相應於廣東話就是：唔使唔該（或“唔使多謝”）、唔使客氣、好閒啫、唔緊要。

還有，“哪裏哪裏、哪裏的話、哪兒的話、哪兒啊（不能說‘哪兒哪兒’）”既可表示答謝，又可以作謙辭，用來婉轉地推辭對方對自己的褒獎。如：“太謝謝你了”“哪裏哪裏”。“你的普通話說得不錯哇！”“哪裏哪裏。”相應地，廣東話說“乜說話”、“邊度係吖”。另外，表達後一個意思，普通話和廣東話都可以說“過獎了（或‘您過獎了’）、不敢當（廣東話‘唔敢當’）”。

最後，“彼此彼此”是客套話，表示跟對方的狀況、程度、水平、願望等一樣。1. 用於回答對方感謝或誇獎。如：“您辛苦啦。”“彼此彼此。”“你的普通話說得比我好。”“彼此彼此。”2. 用於與對方比較。如：“我們公司要裁員啦。”“彼此彼此，恐怕人人自危了。”3.用於回答對方的關心。如：“你別太勞累了。”“彼此彼此。”“要多保重，再見。”“彼此彼此。”4. 用於與別人比較。如：他寫的字比我好不了多少，彼此彼此（或“大家彼此彼此”）。廣東話的對譯1—3：大家咁（gɐm²）話、大家都咁話。4：不相伯仲、大家都係咁。

（注：本文普通話例句的“您”含敬意。一般使用，可說“你”。）

如何使用文言詞

所謂“文言”，指的是五四運動以前通用的以古漢語為基礎的書面語。廣東話詞語的用字與普通話比較，最明顯的不同就是使用文言詞或文言格式，與此相應的普通話說法則往往使用現代語詞。這裏有一個截然相反的現象：文言字詞在廣東話裏使用起來顯得十分口語化，在普通話裏使用起來卻是文縐縐、書卷氣很重的。如：頸、餐（量詞）、未曾、千祈、行（行路）、食、着（着衫）等，操廣東話的人天天掛在嘴邊。相反地，現代語詞在普通話裏使用起來是非常口語化的，但在廣東話裏使用起來就顯得書面化了。如，上述例詞，普通話分別說：脖子、頓、沒有、千萬……走、喝、吃、穿。操廣東話的人是不會這樣說話談吐的，只出現在書面文字上。正因為這樣，操廣東話而又不懂普通話的人，說普通話或寫白話文詩，用詞就往往不習慣、不適應，甚至出錯了。

操廣東話的人如何使用文言詞，有幾點需要注意：

一. 現代漢語裏已不使用的文言詞，必須對譯。如：幾多——多少、人客——客人、消夜——夜宵兒；吃夜宵兒(“宵”也作“消”)、爭幾多——欠多少、褪後——後退、是必——一定、紙鷂——風箏等，在古典小說、詩詞裏用過，現代漢語已視為方言詞了。

二. 單音文言詞獨用，或用於結構不緊密的複合詞時，需要對譯。例如：頸——脖子、一餐飯——一頓飯、畀你——給你、落車——下車、斟茶——倒茶，是獨用的例子。雞翼——雞翅膀（或雞翅）、凍水——冷水（或涼水）、頸巾——圍巾（或圍脖兒）、棉衲——棉襖是用於結構不緊密的複合詞的例子。

三. 有些文言詞在廣東話既可用於書面語，又可用於口語；但普通話常多用於書面語，用於口語時必須對譯。例如：將(介詞)——把、由……至……——從……到……、令(或"令到")——使、乞兒——叫花子、得閒——有空兒、應承——答應、多得(某人)——多虧、拜山——掃墓、分外(好)——格外、與及——以及、反為——反而、矜貴——金貴（或珍貴）。另外，有些廣東話語詞雖不是文言，但或多或少也受了文言或書面語影響，也需對譯。如：額頭——腦門兒、匙羹——杓子、樓宇——樓房、石級——台階兒、季尾——季末、年尾——年底。

在以下情況或場合，文言詞在普通話可照說照用：

一. 作複合詞的構詞成分，或用於結構緊密的複合詞、成語(包括三字以上的多字語)。如："衫"獨用時要對譯為"衣服"：買衫——買衣服、衫褲——一套衣服、上衣和褲子。但是襯衫、汗衫、T恤衫、衣衫襤褸等複合詞和成語則可照說照用。又如："行"要對譯為"走"或"逛"：行路——走路、行街——逛街。但是行人、爬行、人行道、百萬行、行屍走肉、行不得也哥哥等複合詞和成語則可照說照用。

二. 書面性材料作口語陳述時，文言詞在普通話可照說照用，以示正式、莊重，並配合上下文和當時場合。例如：魯迅係浙江紹興人；如此一來真令我難做。以上兩例中如果把"係"、"令"分別改為"是"、"使"，就會影響上下文和當時場合所需的正式、莊重氣氛了。

jiàoxuépiān
教學篇

社區詞與方言詞

語言反映社會生活，社會生活又促進語言的發展。語彙是語言諸因素中最活躍的，它最直接、最敏感地反映了社會政治、經濟、文化各方面的發展和變化。談到漢語語彙，現在常有"中港台詞彙"的概念，也就是除了內地詞彙"一枝獨秀"之外，作為"紅花"，也還需要"港台詞彙"以及其他華人地區的詞彙這些"綠葉"來陪襯、扶持。

港台詞彙(或說"詞語")，指的是港台特有的詞語，有兩大類：一類反映兩地特有、為大陸所無(或暫無)的政治、經濟、科技、文化、生活情況，用詞用字規範的，可稱為社區詞；另一類則是反映與大陸相同或相異的文化、生活情況，但用詞用字（詞形）不規範的，也就是方言詞語。

大多數社區詞採用規範漢語的詞素、規範的構詞手段來組成新詞。由於這些詞語反映特有的社會生活，所以很明顯，內地中文(規範漢語)也就需要吸收、也很容易吸收。特別是社區詞當中的科技詞語更是這樣，因為港台科技、醫藥、衛生等比較發達，與外國接觸較多、較及時，往往不少港台外來語借詞會被內地中文即時吸收或加以借鑒。

至於方言詞，如果內地中文已有適當詞語來表示與之相同的事物、概念的話，一般是不會吸收的。比方：日頭、眼核、花款、領當，規範說法分別是：太陽、眼珠子、花色、上當。這裏說的是"一般不會吸收"，例外的就不同了，首先是外來詞。這當中要數taxi最典型，內地長期以來都說"出租（汽）車"，台灣說"計程車"，近幾年非但對廣州話（包括港澳話）"的士"不加排斥，而且在吸收廣州粵語"打的"（"的"正讀dí，俗讀dī）之餘，還有過之而無不及，發展了"的×"、"×的"系列詞語：的哥、的姐指年青的"的士司機"……；麵的、摩的指小型麵包車"的士"和用作"的士"的摩托車……（參看本書〈與"行走"有關的詞語〉一文）。其他突出例子如"巴士、小巴、電腦"。

另外就是一批簡練生動、有活力和新鮮感的粵語方言詞為大陸人和台灣人喜聞樂見常說常用。如：拍拖、搶手、發燒友、生猛海鮮，比起談戀愛、暢銷、狂熱者、鮮活海鮮，豈止更勝一籌！目前已經吸收的還有：炒（賣）、炒魷魚、爆滿、爆冷門等。可以預料，這樣的粵語方言詞將會更多地被普通話吸收。

有些粵語方言詞，反映的是與內地相異或其所無的文化、生活情況，那麼為普通話吸收就是理所當然的了。比方"減肥"，"肥"在普通話本來不用於人，現在人們都接受了"減肥"，而不說"減胖"。其他例子還有焗油、生抽、水貨、大排檔、打工、打工仔、靚仔、靚女等都不同程度地使用開了。

有學者估計，近十年來進入普通話的港台詞語有六、七百個。

（注：撰寫本文時曾參考田小琳教授《再論香港地區的語言文字規範問題》一文。）

怎樣提高普通話口語水平

一. 什麼是口語表達

口語與書面語是相對而言的。“口語是談話時使用的語言”，“書面語是用文字寫出來的語言（《現代漢語詞典》修訂本）。也就是說，口語主要用在說話，用口表達，靠的是語音、“耳治”（靠聽說）；而書面語主要用在書寫，書面表達，靠的是文字、“目治”（靠閱讀）。當然，口語也可以寫出來供人閱讀，那是口語的書面表達形式，書面語也可以唸出來供人聽說，那是書面語的口頭表達形式。

試看以下文字：姊姊駕車與我一同前往元朗，路途中我與姊姊閒話家常。我問道：“一些男士裝扮得與女性一般，簡直令人雌雄難辨。這些人是否心理有問題？”姊姊答道：“這要因人而異。一般而言，男性穿花衣服也沒有什麼不妥。但是……”

上面一段話裏面，文言詞語、書面語詞和一般詞語、口語詞語夾雜，是典型的“港式白話文”，不少學生都會犯類似的錯誤。這樣的“作品”讓人看了也會覺得彆扭，如果用普通話唸出來就更使人覺得艱澀難懂了。

為了口語交際的暢通，我們要使用口語説法，避免文言式的中文和半文不白的中文。可以考慮改成這樣：姐姐開車跟我一起上元朗去，路上我跟姐姐聊天。我問她："有些男人打扮得女人一樣，簡直使人男女難分。這些人心理有問題嗎？"姐姐回答説："不同的人也有分別。一般説來，男的穿花衣服也沒什麼不對勁兒，不過……。"

二. 口語表達的重要性

口語是書面語的基礎和源泉，書面語是口語的提升和再加工形式，兩者都是溝通人際、傳情達意的必要手段，不過，因為口語靠聲音和動作傳遞信息，也就比靠視覺傳遞信息的書面語來得快捷、直接、經濟、生動、形象。因為口語溝通要求即時性和瞬時性，這也是訓練學員敏捷思維、正確邏輯和口齒伶俐的最好方法。

普通話教學的重點就是培養學員口語傳意的能力，學好普通話就可以"我手寫我口"；心、口、手統一，書面語表達能力也就自然可望提高。

三. 口語表達的特點

(一) 即興表達，隨想隨説

口語表達就是我口説我心，怎麼想就怎麼説，因為時間急迫，聲音稍縱即逝（説出來就已定形），不像寫文章那樣，有較多時間思考、斟酌。所以最能訓練學員的思維和口齒。

（二）生動自然，輕鬆隨便

口語是談話的語言，有特定的情景，說話輕鬆隨便，短句多，倒裝句多（為了突出所強調的重點而把某些成份提前）、語氣詞多。因此話語也就生動、自然。

（三）少用書面語詞，多用口語詞彙

在詞語使用上，口語往往有慣用的一套語彙，少用文言詞和書面詞語（如：是否、幾時、美麗、極好等），多用口語詞（如：是不是、什麼時候、漂亮、太好了等）、慣用語、俗語、歇後語。在語音上，往往有較多的輕聲詞和兒化詞（書面語表達則較少，應該輕聲或兒化的有時也可免去）。

（四）加插動作語言，增強情感交流

為了加強語言效果和感染力，說話者往往伴隨聲音使用非語言因素（如：加上身體某部位的動作或面部表情等）。這是書面語交際做不到的。

四. 口語表達的要求

（一）準確清晰

在語音技巧和語言技巧兩個方面，都應準確、清晰。語音方面，廣東人要注意發音和咬字，特別要注意音位、音長、音高、輕重音和語調，切忌使用廣東話的腔調。語言技巧方面，要正確選用詞語，說話要注意層次和重點。

（二）言辭適當

說話要符合身份（如：使用“您”或適當頭銜尊稱人家），要大方得體，不卑不亢（如：誠懇謙遜，使用套語但又不濫用），要適應語言環境（如：使用正確的語調、連接詞、語助詞），要適合聽者接受（如：說話平實大眾化，不賣弄詞藻）。

（三）生動風趣

言談話語要生動活潑、幽默風趣，才能打動聽者、吸引聽眾。切忌乾巴巴硬梆梆的説教。要做到這點，就得大量使用口語語彙、使用形象性、比喻性的説法，必要時加插動作語言；還要注意説話聲音響亮、抑揚頓挫。

（四）儀態自然

説話時要態度誠懇，和藹可親，眼看對方（不可昂首低頭或左顧右盼），與聽眾有眼神接觸和交流，儀態（包括坐姿、站姿、手部和身體其他部位的姿勢）要端莊自然。

（五）重（着重）説忌唸

做口頭報告、簡報或短講時，切忌看稿直唸，否則就變成朗讀、誦讀或宣讀了。而且看稿直唸往往聯想到漢字的廣東音，也就影響自己普通話的流利和準確。最理想的做法是按提綱或稿子，把要陳述的東西用説話的語氣説出來（不是唸出來）。要與聽眾有眼神接觸和交流。另外，還可以離開稿子有一定程度的即場發揮。

五. 怎樣提高口語水平

（一）提高語言能力

這裏指的是表達能力（説、唸）和接收能力（聆聽、理解），要通過大量的口語訓練加以提高（請參看本文下一節）。

（二）用詞要準確

本地人常受廣東話的影響而混淆一些同義詞和近義詞，如：把“冷水”説成“凍水”、“衣服破了”説成“衣服爛了”、“地方很髒”説成“地方很骯髒”等等。這裏有詞義或語體選擇不當的問題，如果用錯了就會影響口語表達。

（三）少用書面語詞

如上所述，口語是談話時使用的語言，靠聽和説來進行交流的，一定要避免使用文言詞和書面語詞。這是本地人特別注意的，因為廣東話保留了很多文言詞和書面語詞，用於普通話口語是不合適的。

（四）多用口語詞

顧名思義，口語表達當然要用口語詞彙。普通話口語往往有着與書面表達大不相同的一套詞彙和句式（語法）。常常有截然相反的現象：有些詞語（如：食飯、行路等）用於廣東話是很口語化的，但是用於普通話是書面的、文言的；反過來，有些詞語（如：土豆兒、打馬虎眼）在普通話是很口語化的，但在廣東話卻甚少使用。本地人要學會區分書面語詞，同時要多學普通話口語詞。否則説普通話時就難以習慣和適應。

（五）避免港式普通話

很多時候，本地人以為把自己説的廣東話，配上普通話語音就可以照説照用了。這常常造成港式普通話，也就是不倫不類的普通話。典型的例子如：這是什麼來的、不關你的事、警察不能隨便拉人、快了很多等等。本書〈“港式普通話”〉剖析一文有較多例子和分析，可參閱。

六. 提高口語水平的途徑

（一）加強口語訓練

有很多方法可以加強口語訓練，增加聽、説、唸的機會。比方1. 個人練習。如：聆聽（或邊聽邊唸）示範錄音帶、介紹（看實物或不看實物）、造句、口頭作文、發言、短講、講故事（看圖或不看圖），朗讀（繞口令、詩歌、口語短文或其他材料）。以上訓練還可錄下音來，自己再聽或找老師指正。還有，最好強迫自己用普通話思維、唸說、或與別人交際，這樣可以創造大量使用普通話的機會。2. 對話——兩個人練習。如：打電話、交談、討論、辯論等。3. 視聽、唱歌、遊戲——個人或多人練習。視聽材料很多，其中以電影、電視片、相聲幫助最大。4. 與國語人交往。平時應多與說普通話的人接觸、交朋友；有機會最好多去說普通話的地區旅行，增加實踐機會。

（二）加強廣東話、普通話雙向對比

加強廣東話與普通話的對比、對譯，可使學員暢所欲言——把想說的廣東話（包括生動傳神的口語詞語）準確地用普通話表達出來。而加強普通話與廣東話的對比、對譯，主要是學習普通話口語詞並對譯為廣東話，可使學員暢所欲聞——聽懂、會用人家說的普通話（包括生動傳神的口語詞語）。

（三）加強詞語知識學習

這裏說的詞語主要指與廣東話用法不同的詞語和普通話口語詞語。這些詞語數以千計，要掌握好就得不斷積累。要善用有關參考書，特別是《現代漢語詞典》（增補本）和《應用漢語詞典》——這是現代漢語詞書的權威，無論從注音、釋義、收詞（包括新詞、口語詞）都能滿足學員的基本需要。另外，要多看"京味兒小說"，如老舍和其他當代北京作家的作品，從中汲取養料，擴大詞彙量。

（注：撰寫本文時曾參考張銳教授的著作《教師口語（試用本）》及《普通話口語教學》。）

學好普通話詞彙

語言是人類最重要的交際工具，它由語音、詞彙和語法這三大要素組成。學習普通話要同時兼顧這三個方面，“只需學好語音就夠了”的觀點是錯誤的。廣州話（香港通稱廣東話）與普通話比較，語音和詞彙方面的差異最大，語法方面差異小些。但是從學習的難易和所需氣力來說，應該是在詞彙方面。首先是因為在語音方面彼此雖然差異甚大，但對應規律較多、較明顯、較易掌握；語法方面，彼此的差異則較小，主要是語序的不同，而且很多差異又是與詞法密切聯繫的。詞彙方面則完全不同，彼此相異的詞數量巨大(動輒過萬，生活性越強的詞語，彼此表達越不相同）、學習難度高（與普通話同義異形、異素或同形異義，非對譯不可；而且對譯規律性少，往往要逐個記住和積累，熟語尤甚)。其二是因為語音説錯，特別是語法用錯，在多數情況下仍能依靠上下文維持彼此溝通，可是詞彙説錯、用錯往往就容易產生誤會。

一．詞彙學習的重要性

操廣州話的人學普通話，開始時會覺得語音最難，這是很自然的。因為廣州話和普通話在語音方面差異很大，非下苦功夫不可。另外，初學階段的內容只是簡單的日常應對，所需要的主要是彼此的語音轉換；詞彙轉換（對譯）的矛盾還未突出，教和學的焦點也就集中在語音方面。

隨着學習的深入以及學員在語音上基本過關，詞彙學習方面產生的問題就越來越大了。因為學生平時説的和用以思維的都是廣州話，現在要轉換為普通話，除了需要語音轉換以外，更大量的、難度更高的就是詞彙轉換(語法轉換相對來説容易些）。學生不能照搬照用方言（廣州話）的詞彙了，否則輕者會出現“粵式普通話”，重者就會詞不達意或造成誤會，這是因為不會粵普對譯而產生的。另一方面，學生會越來越多地接觸到普通話口語詞，如果不加學習，也就看不懂、聽不明，難以與北方人作深入的溝通，難以看懂、聽懂口語性很強的小説、電視節目等，這是不會普廣對譯而產生的。

總之，如果不學好普通話詞彙，就只能張口結舌、目瞪口呆，難以與北方人溝通。

二．詞彙學習的難點

學生在詞彙學習上有以下四個難點，也就是在以下四方面容易出錯：

（一）不對譯就照用

廣州話詞彙裏有大量與普通話相同的詞語（同形同義），當然可以照用；但是也有很多方言詞語、文言詞語或文言式用法，學生往往不知道需要對譯而照用，這就造成錯誤。例如：臭丸、幾多、（買）褲，要説作衛生球、多少、（買）褲子。特別要留意的是有不少詞語，彼此雖同形卻不同義，不對譯就照用往往會造成誤會。例如：廣州話“地盤”，普通話要説“工地”；因為“地盤”在普通話意為“勢力範圍”。

（二）誤譯、硬譯

有時學生知道自己想用的廣州話詞語要對譯，但卻不知道什麼是正確的對譯，於是就錯譯、硬譯，造成粵式普通話了。最典型的誤例是把“係咩嘢嚟㗎、香港地”硬譯為“是什麼來的、香港地方”，正確説法應是“(究竟）是什麼啊、香港這(個）地方”。

（三）多餘的對譯

因為廣州話詞語需要對譯的時候太多了，有的學生就成為驚弓之鳥，為求保險往往矯枉過正。例如：廣州話“冇所謂”，普通話應是“無所謂”(廣州話也説“無所謂”），不少學生往往多此一舉，説成“沒所謂、沒有所謂”(粵式普通話）。

（四）不熟悉普通話口語詞

香港學生受方言、文言、英語極大影響，對普通話口語詞知之甚少。例如：很多人把“薯仔、畀錢”對譯為“馬鈴薯、付錢”，而不會説“土豆兒、給錢”。又如普通話“掰腕子、扯皮”就是廣州話的“拗手瓜、拗頸”，很多人連這些常用的口語詞都不知道。

三. 廣州話——普通話用詞比較

知彼知己，百戰百勝。為了學好、教好普通話詞彙，我們先要了解廣州話詞彙與普通話詞彙在用詞和構詞方面的異同。

以下先說用詞比較：

（一）古詞的使用

廣州話在口語裏保留不少古代用詞（書面上通常則以同音、近音字代替其本字）。古詞在普通話已消亡，照說照用當然是不行的，我們要對譯為現代漢語語詞。

試比較：

古詞	檦	（一）搊	（打）饐	新婦	（濕）紻紻
廣州話	標	（一）抽	（打）獻	心抱	（濕）立立
普通話	冒出	（一）串兒	（勾）芡	兒媳婦	（濕）漉漉

（二）文言字詞和書面語詞的使用

操廣州話的人在口語裏大量使用文言字詞和書面語詞（書面表達時也常常使用）。普通話就很不一樣：這類詞語文縐縐，書卷氣，有的不宜用於口語，如：凍、極、睇、由（呢度）至（嗰度）、抑或、卒之等。普通話口語分別說：冷、非常、看、從（這裏）到（那裏）、或者、終於。有的只用於書面語或成語裏，如：頸椎、文筆犀利、長空比翼等（比較：頸痛——脖子疼、好犀利——很厲害、雞翼——雞翅膀）；有的只見於文言文或詩詞裏，如：即刻返京、明月幾時有、貧富高低爭幾多（比較：即刻就得——馬上就行、幾時嚟——什麼時候來、幾多錢——多少錢）；有的不能單用，只能作為詞素用於複合詞中，如：食品、旅行、西餐（比較：食飯——吃飯、行路——走路、一餐飯——一頓飯）。

還有的文言詞，過去出現在古詩文、古典小說中，廣州話至今還照說照用，但在普通話已經過時，成為方言詞了。這樣的方言詞一定要加以對譯。試比較：

方言詞（文言詞）	**廣州話用例及對譯**
晏，見《論語》	咁晏㗎——幹嗎這麼晚

佢、渠，見《三國志》、唐詩	佢嚟咗——他（她）來了
求祈，見五代及宋初詩文	求祈食啲——湊合着吃點兒
隔籬，見晉、宋詩文	住佢隔籬——住在他隔壁
消夜，見《水滸傳》	買消夜——買夜宵兒
	去消夜——吃夜宵兒去

至於書面語詞，在廣州話口語和書面語都可照用如儀；在普通話則只用於書面語，口語裏往往有對應的語詞或別的說法。試比較：

詞	**廣州話用例及對譯**	**普通話用法說明**
乘	乘機……——趁機……	口語說“趁”，書面語用“乘”。乘風破浪、乘人之危等書面語詞普廣相同
付	付錢（“畀錢”對譯）——給錢	口語說“給”，書面語用“付”。付款、付帳、支付等書面語詞普廣相同
令	令我唔舒服——使我不舒服 令人開心——使人開心	口語說“使”，書面語用“令”。令人矚目、令人捧腹等書面語詞廣普相同
將	將佢制伏——把他制伏	口語：把……；書面語：將……
作嘔	有啲作嘔——有點兒噁心 令人作嘔——使人噁心	例一，較口語化，不能用“作嘔”。例二，口語說“使人噁心”；書面語用“令人作嘔”

從上述對比中可以看到一個截然相反的現象：文言詞語和書面詞語在廣州話用起來是很隨便、很口語化的（如：食、頸、餐、幾多、卒之等）。可是用於普通話卻是書面化、文縐縐的，如果用於日常說話就會很不協調，必須對譯。反過來，相應的對譯在普通話用起來是很隨便、很口語化的（如：吃、脖子、頓、多少、終於等），但用於廣州話卻是書面化、文縐縐的。正因為這樣，操廣州話而不懂普通話的人，說普通話或寫白話文時，用詞往往不習慣、不適應，甚至出錯。

（三）同形異義詞

廣州話通過假借的手段，大量借用同音字或近音詞來構成方言詞。這樣的方言詞也就是同形異義詞——詞形也可用於普通話，可是其詞義與普通話不完全一樣，有的甚至完全不同。與操普通話的人交際時，這樣的詞如果不對譯就照搬照用（用普通話唸說或見諸於文字），肯定會誤會橫生、笑話百出的。

同形異義詞有單音的和多音的。廣州話有上千個單音詞和幾百個多音詞是與普通話同形異義的——大部份的詞義較普通話寬廣、詞性更靈活；一部份的詞義較普通話狹小、詞性固定。試比較：

單音同形詞	該詞在廣州話主要詞義	該詞在普通話詞義
八	1）七加一的數目。	只同左列義項1
	2）饒舌：咁八嘢。	
滾	1）滾動。	只同左列義項1—3
	2）走開（斥責）：滾蛋。	義項3，常說“開”
	3）水沸。	
	4）稍煮：滾個湯。	
	5）騙：滾人。	
	6）哄騙、玩弄女性：	

	滾女仔	
埋	1）蓋住：埋藏。 2）靠近：埋站。 3）閉；合：瞇埋眼；瘡埋口。 4）結（賬）：埋單。 5）表趨向、擴充等：行埋去；等埋。	只同左列義項1

單音同形詞	該詞在普通話詞義	該詞在廣州話詞義
黃	1）黃顏色。 2）黃金。 3）蛋黃。 4）指色情。 5）指黃河。 6）指黃帝。 7）姓氏。 8）事情失敗：買賣黃了。	只同左列義項1－7
帥	1）軍中最高指揮員。 2）姓氏。 3）英俊；瀟灑；漂亮。	只同左列義項1－2
摳	1）用手指等挖：摳鼻子。 2）雕花紋：摳花兒。 3）深究：摳書本；摳字眼兒。 4）吝嗇：這人摳得很。	絕少用此詞

複音同形詞	該詞在廣州話詞義	該詞在普通話詞義
爆肚	臨時編造話語	用牛羊肚做的食品：爆羊肚兒
拉人	逮補人	用車運：卡車能拉貨也能拉人
打尖	為取巧插入排好的隊伍	旅途中休息吃東西：打過尖再趕路

比較：冇準備唯有爆肚——沒準備就只好現編

差佬拉咗三個人——警察抓了三個人

咪打尖吖——別加塞兒啊

可以看出，同形詞在廣州話所多的都是方言詞義（或詞性），所少的都是普通話的口語詞義（或詞性）。很明顯，同形詞是“語言陷阱”，因為這樣的語詞往往使人望文生義。如果不真正了解其詞義，就難以與人溝通，甚至可能誤會橫生、笑話百出。

（四）同義異形詞

廣州話方言詞當中，除上節所述的與普通話同形異義外，絕大部份是與普通話同義但異形的，必須加以對譯。其構成主要有三類：

1. 借用同音字或近音字構成的同形異義複音詞，如：南乳、散紙、淹尖、而家等（普通話分別說：醬豆腐、零票兒、挑剔、現在）。這類詞的詞義與每個字的普通話字義，往往風牛馬不相及，因而具有鮮明、濃厚的方言色彩。

2. 自創的粵語字形詞。這當中絕大部份是單音詞，一部份是複音詞，如：㓤、劏、[illegible]、曱甴等（普通話分別說：扎、宰、棵、蟑螂。有些常用的粵語字形詞也以方言詞語的身份收進了《現代漢語詞典》（均注明〈方〉），如：煲、埕、涌、氹、苑、屙、奀、梘、滘、焗、磡、孖、冇、嘜。

3. 混合字形詞。這些詞所使用的漢字，部份是粵語字，部份是與普通話相同的漢字。這種語詞中如果含有普通話所使用的語素的話，還能使不懂廣州話的人了解部份詞義(如：高踭鞋——高跟兒鞋、皮喼——皮箱)；如果不用普通話所使用的語素的話，不懂廣州話的人就百思不解了（如：布冧——李子、嚟唔切——來不及）。

（五）有音無形詞

廣州話方言詞中更為特別的一類，是來源難以考究的有音無形詞。這類語詞有音有義，但是沒有合適的同音字或近音字作為其詞形，因此只好以"□"或拉丁字去代替。如：

□（fɐŋ²¹）佢——揍他

一□（pɛt²²）泥——一灘泥

烏□□（sœ³⁵ sœ²¹）——稀裏糊塗

去 wet ——吃喝玩樂去。

有音無形詞只出現在各地方言土語（包括北京話）之中，普通話是現代漢語的標準語，不會出現有音無形詞。

（六）外來詞語

普通話過去對吸收外來詞語相當保守，首先是盡可能不吸收，如果要吸收也盡可能用意譯或音意兼譯，少用單純音譯。改革開放以來，有了很大改變：大量吸收外語新詞，特別是音譯詞，這當中有很多是香港粵語先用，然後為普通話直接採用或通過廣州粵語轉介給普通話的。例如：牛仔褲、熱狗、電腦、愛滋病(普通話也用"艾滋病")、T恤(也說"T恤衫")、拉力賽、漢堡包、的士、巴士、按揭、啫喱（水）、卡拉OK等。

與此相反，廣州話、特別是香港粵語，大量使用外語詞，在說話和寫東西時常常來個"中西合璧"、中英夾雜。不該用而用就是濫用了，這是我們首先要避免的。第二，很多時候廣州話用音譯，普通話卻用意譯。第三，音譯外來詞應以普通話讀音為標準。如果廣州話(主要指香港粵語，因為廣州粵語常常使用普通話外來詞)所用的與普通話不同，那就是方言性外來詞，我們應該放棄。試比較：

英文	kiwi fruit	film	tuna fish	salmon	saxophone
普通話	獼猴果	膠卷兒	金槍魚	大麻哈魚、鮭魚	薩克管
廣東話	奇異果	菲林	吞拿魚	三文魚	色士風

英文	heroin	sandwich	yo-yo	Jakarta	Nixon
普通話	海洛因	三明治	搖搖（jiu[35]）	雅加達	尼克松
廣東話	海洛英	三文治	溜溜球	椰加達	尼克遜

（七）忌諱詞語和彩頭詞語

求吉避凶是人之常情，忌諱彩頭（廣州話：意頭）語也就應運而生。比較起來，這類詞語在廣州話更多，另外彼此也有不同的表達。

例如：

廣州話原意及忌諱或彩頭	普通話
交吉交空，“空、凶”同音，忌凶	交付使用；騰空
雨遮、遮（傘，“傘、散”同音，忌散）	雨傘、傘
飲勝飲乾，忌“乾”（冇水）	乾杯
通菜蕹菜，取諧音“通財”	蕹菜

另外，彼此的忌諱或彩頭語常有不同表達，例如不小心把東西打碎了，廣東人會說“落地開花，富貴榮華”，普通話則說“歲歲（碎碎）平安”。還要注意，廣州話“佢好肥、要唔要飯、呷醋”應譯為：他很胖（除“肥胖、減肥”外，一般不用於人）、吃飯嗎或要米飯嗎（“要飯”意為“討飯”，即廣

州話“乞食”）、要醋嗎或用點兒醋嗎（“吃醋”指有醋意，即廣州話“呷醋”）。

（八）使用習慣不同的等義詞

我國幅員廣大，用詞往往南北不同，所以大量的廣州話方言詞非對譯不可。不過有幾十個等義詞，只是因使用習慣不同而造成彼此用詞不同。例如：皮蛋——松花蛋、糯米——江米、芫荽——香菜、番茄——西紅柿、香片——花茶、唇膏——口紅、課室——教室、語體文——白話文等，前者慣為廣州話所用，後者慣為普通話所用。

另外，要注意有十幾個等義詞，香港粵語所用的(廣州粵語也不用)在普通話是舊的說法，已被淘汰了，例如：郵差、看護、當值、幼稚園、荷爾蒙、維他命。現在分別說：郵遞員、護士、值班、幼兒園、激素、維生素。

（九）熟語、歇後語的使用

廣州話熟語、歇後語與其口語詞一樣，有明顯的地區性，如果照字硬搬，非粵語區的人是難以明瞭的，有時還可能產生誤會，因此往往不能直譯、硬譯，難度相當高。如果想對譯地道、傳神就得下一番工夫。這裏除了對譯時要字斟句酌之外，最好是譯者精通廣州話和普通話，並掌握大量的口語詞和具有豐富的生活經驗。試比較：

廣州話	錯譯或可能的對譯	較好的對譯
好行嘞你	你好走	你休想
唔係嘢少㗎	東西不少的	可不簡單呢
矮仔多計	矮子多計謀	矮子矮——肚兒怪
雞同鴨講	誰也聽不懂誰	啞巴說聾子聽
濕水棉胎——冇得彈	濕棉被——彈不了	帽子破了邊兒——頂（頂兒）好

冇柄士巴拿（na³⁵）　扳子沒有柄　茶壺打了把兒
——得棚牙　——只有牙　——光剩嘴(嘴兒)了

（十）互相吸收互相影響

廣州話是方言，普通話是共同語，它們的關係是互相吸收、互相影響的（也就是互動）。方言要向共同語靠攏，也就要吸收普通話的說法。事實上，廣州話在書面上要用語體文，也就是吸收普通話、按普通話辦事。在口語裏，現在也明顯地、越來越快地向普通話靠攏，這在詞彙方面尤為突出，例如：你好、老張、小陳、幹勁、吃香、玩完、高挑（身材）等在口語裏也習以為常了；語法、語音方面雖然吸收得少些，也有所表現，例如：我比你高、搵唔到佢（傳統廣州話說"搵佢唔到"）、佢溜（唸 liu⁵⁵ 不唸 lɐu²¹）咗、挖（唸 wa⁵⁵ 不唸 wat³³）苦等。

作為共同語，普通話也要不斷從各方言中吸收本身缺乏的詞語和表達法。近年來普通話就從廣州話吸收了不少新詞語，特別是外來詞語。例如：打工、打工仔、打工族、新秀、白領、藍領、炒家、炒魷魚（注意：不說"炒魷"）、爆冷門兒（不說"爆冷"）、瀑滿、AA制、快餐、漢堡包、熱狗、三明治（不說"三文治"）、搶手、減肥、安樂死、黑社會、卡拉OK、盒帶、T恤（不說"T恤衫"）、功夫片、車位、攤位、水貨、賽事、斑馬線、貨梯、洗手間等已收進了《現漢》修訂本，成為標準詞語。巴士、的士、菲林、唱碟、影碟、爆棚、拍拖、生猛（海鮮）、炒更、打的、泊（車）、跌眼鏡、發燒友等也收進了《現漢》修訂本，不過都標有〈方〉，就是以方言詞語的身份進入了現代漢語。

四. 廣州話普通話構詞比較

上述第三部份是從用詞的原則加以比較的，下面從具體的構詞手段來比較。彼此詞形完全不同，往往是因為一詞為廣州話所用，卻不為普通話所用(如：行——走；嬲——生氣；迫人——擁擠)；又或是彼此對同一事物或行為，從整個概念或主體上，有完全不同的看法、說法(如：沖涼——洗澡；雪條——冰棍兒；萬字夾——曲別針；發錢寒——財迷、財迷心竅）。這樣的詞語對譯規律少，往往需逐個記住。

詞形多字不同或一字不同的，儘管也與上述原因有關，但主要的是由於某些次要部份（看法的角度、說明或修飾的手段)有別而引起的。這樣的詞語對譯起來多少有些規律，因篇幅關係以表列之：

分析比較	**廣州話——普通話對譯舉例**
詞尾有無	褲——褲子
	桃——桃子、桃兒
	尾——尾巴
	窗——窗戶
	(有) 客——客人
詞前後修飾語有無	蔗——甘蔗
	息——利息
	揚（出去）——張揚出去
	椰菜花——菜花
	肚餓——餓、肚子餓
詞前後單音同義詞素有無	易——容易
	識（某人）——認識
	泡——泡沫

	(冇) 力——力氣
	痕——痕跡
主要詞素有別	香口膠——口香糖
	眼核——眼珠子
	指甲鉗——指甲刀
	(我只係) 半桶水——半瓶醋
	撬牆腳——拆牆腳
說明或修飾手段有別	恤衫——襯衫
	青瓜——黃瓜
	錄影——錄像
	晨運——晨練
	電單車——摩托車
各用並列式雙音詞一個詞素	憂愁：唔使憂——不用愁
	溶化：糖溶晒——糖全化了
	肥胖：佢好肥——他很胖
	寬闊：街好闊——街很寬
	座位：霸位——佔座 (兒)
省略數詞與否	千五人——一千五百人
	呎幾——一呎多
	個零月——一個來月
	嗌聲佢——叫他一聲
省略詞類不同	部書幾多錢——這 (或"那") 書多少錢
	呢個係我同學——這是我同學
	咪阻住條路——別擋着道
	隻手遮天——一手遮天
詞頭不同或有無	亞陳——老陳或小陳
	亞冬——冬冬、小冬、小冬子

	亞爸——爸爸、爸
	亞嫂——嫂子
	亞仔、亞女（面稱）——孩子
詞尾不同或有無	狗仔——小狗兒
	啤啤仔——小小子兒
	耳仔——耳朵；耳子（耳狀物）
	公仔——小人兒
	外國公仔——洋娃娃
	孫仔——孫子
	百厭仔——小淘氣
	肥佬——胖子
	賣魚佬——賣魚的
	北佬——北方人
	鬼佬——老外
詞序顛倒	私隱——隱私
	銜頭——頭銜
	橫蠻——蠻橫
	心甘——甘心
	行人路——人行道
	唔怪得——怪不得
語序不同	畀五文錢——給我五塊錢
	食多啲——多吃點兒
	多人都唔怕——人多也不要緊
	夠錢嘞——錢夠了
	越早越多人——越早人越多
	好難度高——難度很高

五. 如何學好、教好普通話詞彙

對學生來說是學好詞彙，對老師來說就是先學好然後要教好，這是不言而喻的。怎樣才能學好、教好詞彙呢？首先要把詞彙教學與中文教學結合起來。老師和學生都要明確，學好普通話詞彙有利於提高中文水平，而中文水平較高的話，普通話詞彙也就能掌握得較好。

具體說來，要學好普通話詞彙，首先要了解廣普詞彙的異同。在這個基礎上就要大量練習、大量實踐並同時參閱有關的參考書籍。練習和實踐包括上課、做訓練(聽說讀寫和對譯都應進行）、在活的語言環境裏直接學習（如看白話文小說、看大陸或台灣的報紙、電影、電視片、聽錄音、與北方人交談、到普通話區旅行等）。

我們應特別着重普通話口語詞的學習，這是香港學員最缺乏而又是最需要的。應使學員知道要說的廣州話在普通話怎麼說；遇到普通話也應知道廣州話的對譯。沒有前者，我們就會張口結舌，不能暢所欲言（想說而不會說或說錯）；而沒有後者，我們就會目瞪口呆，不能暢所欲聽(人家說的自己聽不懂或鬧誤會）。

談到詞語對譯，機械式的背誦和單純的詞語翻譯當然是需要的，但是更重要的是，要在句子、文章裏學習對譯，通過翻譯句子和文章、造句、用普通話口語詞寫文章並逐句對譯為廣州話、改錯、遊戲、使用教具、評講等多種形式，營造生動活潑的學習氣氛，提高學習興趣和學習效果。老師在自己學好的基礎上，更應不斷改善教學形式和方法，鼓勵學生大量實踐、利用各種語言環境和普通話素材去學好普通話。

如此下去，學好、教好普通話詞彙的目標必能指日可待。

“港式普通話”剖析

一. 什麼是“港式普通話”

由於多種因素影響，操廣州話（香港通稱廣州話為廣東話，本文以下從俗，並非作為嚴格意義上學術名稱）的香港人説普通話時，在語音、詞彙、語法三方面都常常出現很多錯誤，很不標準。這種不標準的普通話可稱為“港式普通話”，如果單就語音錯誤説，又可以稱之為“港音普通話”或“方音普通話”；“港式普通話”如果見諸於文字，則可稱之為“港式中文”。受到廣東話和外語（主要是英語）的干擾，都可能造成“港式普通話”和“港式中文”。這裏説的“港式”，一般而言也就是“粵式”、“廣式”，因為操粵語（廣義的廣州話）的人，都或多或少地會產生本文所析的錯誤，只是本文所談的更富香港特色罷了。

筆者在香港長期從事普通話的推廣和教學工作，經常聽到這一類“港式普通話”，經常看到一些“港式中文”。本文對此略加舉例分析，供在香港地區教授普通話或學習普通話的人士參考。本文只分析受到廣東話干擾，在詞彙、語法兩方面出現錯誤而造成的“港式普通話”，語音方面出現的錯誤，需另行討論。本文用“學員”一詞統稱學習普通話的香港人，包括在校的學生和其他社會人士。

二. “港式普通話”的表現

所謂“港式普通話”有以下幾種表現：

（一）照搬廣東話

1. 完全照搬

廣東話詞彙裏有大量與普通話相同（同形同義）的詞語，當然可以照用。但是廣東話裏也有很多方言詞語、文言詞語或文言式用法，這在普通話會有完全不同或某部份不同的說法。如果我們照搬照用廣東話，或按字面意思逐字翻譯的話，就只是配上普通話語音的廣東話，那就是“港式普通話”了。例如：臭丸、銀仔、睇得化、縮沙；應承、好犀利、懵懂、得閑；（買）褲、識少少、你係得嘅、令我不舒服等等；在普通話要說成：衛生球兒、鋼鏰兒、看得透（或想得開）、褪套兒；答應、好厲害、糊塗、有空兒；（買）褲子、會一點兒、你真行、使我不舒服。這樣誤用的詞語數量巨大，筆者搜集有上萬例。

2. “一字之差”詞語誤用

廣東話和普通話比較，有很多詞語只有“一字之差（少一字、多一字、改一字）”，往往使人望文生義。如果照搬照用廣東話，就不符合語言規範（普通話少這樣說或不這樣說），造成“港式普通話”。如廣東話：窗、蔗、椰菜花、暈機浪、豉油、銀包、急不及待、靈機一觸；普通話要說成：窗戶、甘蔗、菜花（兒）、暈機、醬油、錢包、迫不及待、靈機一動。

這樣誤用的詞語數量甚多，筆者搜集有幾千例。

3. 同形異義詞誤用

特別要留意有不少詞語，彼此雖同形但卻不同義或不完全同義，照搬照用勢必造成誤會。比方：廣東話“地盤（或‘地盆’）”，普通話要説“工地”。“地盤”在普通話指“勢力範圍”；“班房”在廣東話指教室，在普通話則指“拘留所”；“小朋友”在廣東話除了指兒童，近年還可指兒女，如：你嘅小朋友幾歲喇；“小朋友”在普通話只指兒童（見《現漢》）。這樣的誤用詞語，筆者搜集有二百多例。

4. “口語習慣同義詞”誤用

有一些同義詞，廣東話和普通話往往“各取所好”：皮蛋——松花蛋｜唇膏——口紅｜芫荽——香菜｜滾水——開水｜喉嚨——嗓子｜語體文——白話文｜社評——社論｜索性——乾脆｜（頭）痛——（頭）疼｜（來得）遲——（來得）晚｜擔（嘢）——挑（東西）｜叩頭——磕頭｜借鏡——借鑒等等；上述詞語《現代漢語詞典》都收錄了，但廣東話慣用前者，普通話則慣用後者。反着説就不合口語習慣，會顯得很彆扭。這裏有廣東話慣用文言詞語或文言式用法的問題，也有純粹就是口語習慣的問題。這樣的誤用詞語，筆者搜集有上百例。

值得留意的是，有些香港粵語常用的同義詞，在普通話卻是舊的、淘汰了的説法，《現代漢語詞典》（包括初版本、修訂本、補編）注明是舊稱的有：幼稚園、戲班、國語（指普通話）、國文（指語文課）、郵差、看護（名詞）、書記（辦理文書的人）、維他命、荷爾蒙、盤尼西林、當值、原子筆。這些詞普通話現在説：幼兒園、戲曲劇團、普通話、語文、郵遞員、護士、書記員（或“文書”）、維生素、激素、青黴素、值班、圓珠筆。《現代漢語詞典》沒注明是舊稱，但普通話現在很少説的有：文法、語體文、社評、門房、內子、外子等等，一般場合現在多說：語法、白話文、社論、傳達或傳達室、妻子、丈夫。

5. 量詞誤用

同樣的一個量詞，在廣東話的詞義和用法往往比普通話寬廣、靈活，不加分析就容易誤用。以“隻”為例：一隻手、一隻鞋、一隻雞、一隻小船，彼此是一樣的；但是廣東話還可以說“一隻牛、一隻碗、一隻筷子、一隻唱片、一隻戰艦、畀人恰嘓隻、佢兩隻嘢（指人）”。這些港式普通話就要說成“一頭牛、一個碗、一根筷子、一張唱片、一艘軍艦、受人欺負的那種（類型）、他們兩個傢伙”。

有的時候，廣東話需要用量詞，但相應地在普通話是不用量詞的。這往往出現在量詞不強調數量，而代表“一種”或“某一種”事物的時候。如廣東話說：把聲沙晒、（一）粒聲唔出、扽吓ha[13]隻鞋，普通話要說：嗓子都啞了、一聲不吭、把鞋磕一下兒。容易誤用的量詞及其對比，筆者搜集有近二百例。

6. 聯合式雙音詞拆開誤用

有一些聯合式的雙音詞，如：溶化、計算、挖掘、麻痺，在廣東話和普通話用法相同，如：雪溶化了就變成水、計算有誤差、挖掘潛力、別麻痺大意；但是分開使用其單音詞的話，就會“平分秋色”各取一語素：糖溶晒（廣東話）——糖全化了（普通話）、計計條數——算算這筆賬、條街好闊——這條街很寬、寫到手痺——手都寫麻了。照搬照用就會造成“港式普通話”。這樣的誤用詞語，筆者搜集有上百例。其中有的是廣東話用前一語素，普通話用後一語素；有的則相反。

7. 詞序語序不當

廣東話和普通話比較，很多時候詞序是相反的。這當中有的詞語是方言性的，如：私隱、飯盒（指用盒兒盛的飯菜）、人客、哨崗、怪責、劍擊、訂裝、經已，普通話沒有這樣的說法，要倒過來說才行。有的雖然也可以用於普通話，但普通話更為常用的是其詞序相反的說法，如：兵士（廣東話）——士兵（普通話）、和暖——暖和、替代——代替、勞煩——煩勞、多采多姿——多姿多采、惟肖惟妙——惟妙惟肖。前者為廣東話慣用；後者為普通話慣用。這樣的誤用詞語，筆者搜集有近百例。

在語序方面，廣東話和普通話比較，很多時候也是相反的，這表現在名詞、副詞更為突出。廣東話用“多、少、大、小、很、挺、真係、夠＋名詞”時，修飾性成份在名詞之前，如：呢度太多人、你好大力、佢幾好人、真係好運、夠錢嘞等等；普通話詞序相反，要說成：這兒人太多、你力氣很大、他人兒挺好、運氣真好、錢夠了。廣東話用“動詞＋指物賓語＋指人賓語”、“動詞＋補語＋名詞”，如：畀書我、切損手指；普通話詞序相反，要說成：給我書、（把）手指切破了。另外，廣東話裏做狀語用的“多、少、添、緊、住、番、晒、過頭、乜滯”等副詞，往往放在所修飾的詞語後面：食多一碗、多謝晒你、畀三文添；普通話詞序相反，說：多吃一碗、太謝謝你了、再給三塊錢。還有，否定副詞“唔（＋動詞＋得）”相當於普通話“不”時，詞序有時也相反：唔捨得——捨不得、唔受得——受不了。這樣的誤用，俯拾皆是。

8. 語體不協調

在日常會話、家常式談話中，學員常常照搬照用文言詞語或書面性的詞語，因而使話語的語體不協調，例如：請賞面（應說“請賞臉”）、上石級（應說“上台階兒”）、幾多錢（應說“多少錢”）、你叫什麼名（應說“你叫什麼名字”）？“賞面、石級、幾多、名”都是文言詞語或文言式用法（“幾多”已從文言詞轉化為方言詞了），聽起來文縐縐，挺彆扭的，不宜照搬照用。又如：校園很清潔、衣服很美麗、吃頓飯真昂貴、我同他是朋友、由三點至五點，“清潔、美麗、昂貴、同、由……至……”都是書面性的詞語，不宜用在口語化的場合裏，要分別説作“乾淨、漂亮、貴、跟、從……到……”。這樣的誤用詞語，筆者搜集有近百例。

9. 外來詞誤用

香港粵語經常夾用外來詞，最主要的表現有：1. 在説話和寫東西的時候常常中英夾雜、廣東話和英文夾雜，如：我們一起去BALL（舞會）、O唔OK？類似例子俯拾皆是，這實際上是濫用了。2. 大量使用方言外來詞。據筆者統計，除了已為普通話吸收或有可能吸收的以外，廣東話有二百多個常用的外來詞是普通話所不用的。原因是彼此處理的原則不同：一方用音譯，另一方用意譯；彼此有不同意譯；彼此都用音譯，但因為廣東話和普通話發音相距甚遠而造成不同。因此，廣東話所用的也就是方言外來詞。試比較：

英文	saxophone	boss	tyre	tuna fish	ice cream
廣東話	色士風	波士	車呔	吞拿魚	雪糕
普通話	薩克管	老闆	車胎	金槍魚	冰激淩

英文	chewing gum	kiwi fruit	yo-yo	Nixon
廣東話	香口膠	奇異果	搖搖	尼克遜
普通話	口香糖	獼猴果	溜溜球	尼克松

10.貶義詞誤用

有少數詞語，在廣東話喪失了貶義，變為中性甚至褒義，而在普通話仍帶貶義，如：死黨、伎倆、一小撮、蛻變、炮製、捧場、傾巢而出等。如果照搬照用也可能造成誤會。

以上十項都是因為照搬照用廣東話而造成的“港式普通話”，是最大量、最常見的。

（二）誤譯、硬譯

很多時候，學員知道自己想説的廣東話不能照説照用、需要對譯，但是又往往不會正確對譯，於是就誤譯、硬譯，造成“港式普通話”了。最典形的例子莫過於把“香港地（dei³⁵）”硬譯為“香港地、香港地方”。“香港地、香港地方”似通不通，意思含混：外地人對“香港地（dei³⁵）”的詞義摸不着頭腦，充其量像對“虎地（dei³⁵）、油麻地（dei³⁵）、跑馬地（dei³⁵）”那樣，把它當作一個地名。而“香港地方”則不能表達一個完整的概念，它不能單獨使用，只能作為形容詞修飾名詞，如説：香港地方法律、香港地方習俗等等。“香港地（dei³⁵）”應譯為“香港這地方”或“香港這個地方”。

“呢個係咩嚟㗎”硬譯為“這是什麼來的”，也是“港式普通話”的“傑作”。沒錯兒，“嚟”在廣東話可相當於動詞“來”，如：我由北京嚟——我從北京來；我係由北京嚟㗎——我是從北京來的。但是“係……嚟㗎”或“係……嚟嘅”當中的“嚟”卻不是動詞“來”，而是與“㗎”或“嘅”合起來，用於加強語氣的助詞。很多學員不分青紅皂白誤譯、硬譯，“呢個係咩嚟㗎”的正確説法應是“這是什麼啊”，要使語氣再加強一些就可説成“這究竟是什麼啊”。

誤譯、硬譯而造成“港式普通話”的例子是不勝枚舉的。

（三）書面性的對譯

不少學員對普通話的口語詞、口語説法知之甚少，因此對譯出來的普通話詞語也是書面性的、文縐縐的。比方：廣東話“畀錢、揸車”，我們平常都説“給錢、開車”，不少學員卻説“付錢、駕車”，他們不知道“給錢、開車”是口語説的，“付錢、駕車”則相當書面性。類似這樣的例子不勝枚舉：把廣東話“亞嫲、傾偈、拗頸、孤寒”説成“祖母、談談、爭論、吝嗇”是文縐縐的，説“奶奶、聊天兒（或‘侃大山’）、抬槓、摳搜（.sou或‘摳門兒’）”就口語化了。這樣的錯譯，筆者搜集有幾百例。

（四）解釋性的對譯

要把廣東話口語詞準確對譯為普通話口語詞，難度是相當高的，需要對兩種語言，特別是普通話口語詞比較精通才行。不少學員對普通話的口語詞、口語說法知之甚少，因此往往只能對譯為一個短語，而不是口語詞，成了解釋性的對譯。比方：廣東話“打尖、卸膊、雞碎咁多、人細鬼大、口水多過茶”，說成“排隊不守秩序、不負責任、只有一點兒、人小老成、能說會道”。這樣的解釋性對譯，一來不夠準確貼切，二來不夠地道，缺少韻味。對譯為“加塞兒、撂挑子、仨瓜倆棗兒、人小點子多、大耍嘴皮子”就生動傳神了。這樣的誤譯，筆者搜集有幾百例。

（五）多此一舉的對譯

因為平常說的廣東話詞語很多時候需要對譯，於是不少學員往往成為驚弓之鳥，為求保險而矯枉過正。他們有一個錯誤的想法：“不改一改怎麼行？不改便太普通、太口語化了”。典型的錯誤如：廣東話“冇所謂”，普通話應是“無所謂”（廣東話也說“無所謂”），不少人往往多此一舉，說成“沒所謂、沒有所謂”，普通話並沒有這樣的說法（口語詞“沒、沒有”與書面語詞“所謂”連用，顯得不協調），可謂“獨創”！

因為普通話很多名詞常帶“子”尾，如：褲子、桃子、梯子、兔子、房子等等。有的人就推而廣之，誤說“梨子、筆子、貓子、樓子”等等。其實，普通話也說“梨、筆、貓、樓。”“梨子”，還有“杏子、蝦子、驢子、溝子、柄子”都是北方方言的說法，普通話說法沒有“子”。“鞋”通常也不需加“子”。另外，普通話根本沒有“筆子、貓子、樓子”的說法，又是“獨創”！更有甚者，錯用“子”還可能造成誤會，如：“票子、腿子”指的是“鈔票、狗腿子”，説“買票子、我的腿子疼”，豈不是讓人摸不着頭腦兼啼笑皆非嗎？廣東話“買飛、腳痛”要説“買票、腿疼（或‘腳疼’）”。

不少學員不敢照説“（裏）頭、就（係咁）”，説成“（裏）邊、便（是這樣）”。其實，這兩個詞的用法在廣東話和普通話都是一樣的：“（裏）頭”、“（裏）邊”詞義完全一樣，口語色彩也差不多。而“就（係咁）”與“便（是這樣）”比較，詞義是完全一樣的。“就”比“便”更口語化，《現漢》指出：“便”是保留在書面語中的近代漢語，它的意義和用法基本上跟“就”相同。

“有”的用法在廣東話和普通話各有異同。1. 肯定式相異：廣東話説“有＋動詞”表示過去的動作，如“琴日佢都有去、我有留意過”，這個“有”在普通話則是多餘的、錯誤的，正確説法要去掉“有”：昨天他也去了、我留意過（或“我也留意過”）。2. 否定式相同：琴日佢冇去、我冇留意過——昨天他沒（或“沒有”）去、我沒（或“沒有”）留意過。3. 疑問式有同有異：“琴日佢有冇去？你有冇留意過？”可直譯為“昨天他有沒有去？你有沒有留意過？”但是更地道、更口語化的説法是“昨天他去了嗎？你留意過嗎？”

（六）近義詞誤用

一些廣東話和普通話共有的近義詞，往往存在着細微差別，不加注意就會用錯。最典型的就是“都、也、還、又”：廣東話“我都去、咁都唔錯、佢都唔知”的“都”和“又好（表同意）”的“又”應説作“也（表示同樣）”；“都係咁好”的“都”，普通話要説成“還（指有所補充）”；“我都話佢會嘅喇”的“都”就不能直譯，可説“我説過，他會的”。另外就是“懂、會”誤用：廣東話“識英文”普通話説“懂英文（或‘會英文’）”，恐怕沒有人用錯；於是“識揸車、唔識做功課”

就錯誤套用為“懂駕車、不懂做功課”，正確說法是“會開車、不會做功課”。因為在普通話，“懂”只能與名詞連用，不能與動詞連用；“會”則可以與名詞或動詞連用。這樣的誤用，筆者搜集有近百例。

三. “港式普通話”35例

廣東話	港式普通話／較差的對譯	地道普通話
◆書面性的對譯		
1. 全身無力	全身沒力	渾身／全身沒力氣
2. 打穿額頭	打破額頭	把腦門兒打破了
3. 好似豬咁蠢	好似豬一般蠢	像豬那麼笨
4. 件衫好污糟	衣服很骯髒	衣服很髒
5. 食餐飯好昂貴	吃餐飯很昂貴	吃頓飯很貴
◆語體不協調		
6. 畀錢	付錢	給錢
7. 乘機呃人	乘機騙人	趁機騙人
8. 揸車返工	駕車上班	開車上班
9. 幾時去	何時去	什麼時候／哪會兒／幾時去
10. 返到屋企	回到家中	回到家裏
◆誤譯、硬譯		
11. 香港地	香港地方	香港這（個）地方
12. 係咩嚟㗎	是什麼來的	（到底）是什麼呀

13. 畀返三文你	給回你三塊錢	還 huán（給）你三塊錢
14. 唔湯唔水	不湯不水、非湯非水	非驢非馬
15. 之唔係	不就是	可不是

◆詞序、語序不當

16. 快咗好多	快了很多	快多了／快得多
17. 追你唔到	追你不上	追不上你
18. 傾掂佢	談妥它	把這件事／它談妥
19. 好唔好咁	好不好這樣	這樣好不好
20. 我唔夠錢	我不夠錢	我（的）錢不夠

◆解釋性的對譯

21. 打尖	排隊不守秩序、插隊	加塞兒
22. 疊水	很有錢	趁錢、稱（chèn）錢
23. 撲水	到處去弄錢	奔（bèn）錢
24. 貨又靚價錢又好	貨又漂亮價錢又好	東西好價錢又便宜
25. 手指拗出唔拗入	自己人不向着自己人	胳膊肘兒朝外拐

◆多此一舉的對譯

26. 冇所謂、無所謂	沒所謂、沒有所謂	無所謂
27. 無動於衷	沒動於衷	無動於衷
28. 買對鞋	買雙鞋子	買雙鞋
29. 開店	開店子	開鋪子、開店
30. 就係咁啫	便是這樣了	就是這樣（罷了）

◆同形異義詞誤用

31. 而家做緊邊套戲	現在正做哪套戲呀	現在正演哪部電影啊
32. 嘩，咁犀利	嘩，這麼厲害	嗬／哇，這麼厲害
33. 有一句說話唔明	有一句說話不明白	有一句話（兒）不明白
34. 警察拉咗個賊仔	警察拉了一個小偷	警察抓了一個小偷兒
35. 咪單打我	別單打我	別指雞罵狗／別指桑罵槐

四．“港式普通話”產生的原因

“港式普通話”產生的具體原因，已有如上述。總括說來，就是不了解廣東話和普通話用詞的異同。一方面，有時乾脆按廣東話照搬照用，因而造成“港式普通話”。另一方面，因為矯枉過正的心理作怪，有時又不敢照搬照用，這也同樣造成“港式普通話”。我們需要講授有關的詞彙知識，使學員在這兩者當中取得平衡，較多了解並正確處理廣東話和普通話的異同，從而使用標準普通話，避免“港式普通話”。

從根本上說，“港式普通話”的產生，則是學員本身所受的教育造成的。香港是個方言區，學員的母語是廣東話，過去的語文政策重英輕中，以致中文水平相當低下。更嚴重的是，中文教育未能突出對現代白話文的教學(古代、近代的材料太多，現代的不夠、白話文口語訓練嚴重缺乏）；語文課的內容，文學的成份多，語言的成份少，欣賞性的成份多，實用性的成份少；缺少方言和普通話對比的教學；還沒有建立普通話的語言環境；未能擺脱方言的干擾；再加上英語對中文的干擾和影響，也就造成特殊的"港式中文"——中西合璧、半文不白、方言與共同語混雜的語言。學員平時説廣東話，但書面上卻要求用白話文，因而他們往往處於語言轉換的矛盾當中。幾十年來，"港式普通話"、"港式中文"在社會、學校、家庭到處泛濫，而且代代相傳，習非成是。可以看出：基於這樣的背景，"港式普通話"的產生是必然的。

五. 為什麼要糾正"港式普通話"

為什麼要糾正"港式普通話"？這是顯而易見的。"港式普通話"是使中文純潔的一大障礙，不糾正"港式普通話"，就不能提高中文水平。另外，普通話是與國內外華人進行溝通、交際的重要工具，"港式普通話"必然妨礙我們與人溝通，甚至造成誤會。還有，如果讓這種不標準的"普通話"散播開去，以訛傳訛，終究會影響普通話的推廣和現代漢語的規範，我們不能等閑視之。

六. 怎樣糾正"港式普通話"

"港式普通話"與"港式中文"關係密切，互相影響。要糾正"港式普通話"和"港式中文"，可從政府、教育部門、學校和社會四方面着手。

特區政府應設立監管語言文字使用的機構，統籌並監督學校和社會上語言文字使用的規範。因為香港教育署只監管中小學的教學和教材，大學裏和社會上語言文字的使用並無政府機構監管，因而“港式中文”泛濫成災，難以克服。政府設立監管機構，不僅是眼前的需要，而且也是長遠的戰略需要。

教育署要調整中小學中文課程的設置，突出對現代白話文的教學，加強白話文口語訓練，進行語言知識教學、方言和普通話對比的教學，普通話課應重視口語的學習，從而為學生打下良好的語文基礎。

在學校方面，要大力推廣普通話，逐步創造普通話語言環境，逐步把普通話課和語文課結合起來。普通話老師和中文老師都要學點語言學、詞彙學、語法學。

在社會方面，傳媒、出版工作者應加強自身修養，提高中文水平，重視語言文字的規範。

至於普通話課的教學內容，除了一般性的聽說讀寫之外，要加強普通話口語詞學習，並進行粵－普－粵對譯訓練(包括口譯、筆譯)。香港的中文教育制度和教學內容亟待改善，不少學員對中文的書面詞語、粵方言詞語掌握較多，但是對普通話的口語詞、口語說法卻知之甚少（本文前幾節已有分析舉例）。因此普通話課的教學內容，一定要彌補這些缺陷。

經驗證明，進行廣東話⟶⟵普通話雙向的對譯訓練(包括口譯、筆譯）是非常必要的一項教學活動。進行廣東話⟶普通話對譯訓練（包括口譯、筆譯）能使學員暢所欲言：想說的一般詞語、方言詞語都可以正確地說出來，也就能更好地表達自己的思想；而進行普通話⟶廣東話對譯訓練（包括口譯、筆譯)則可使學員暢所欲聞：人家說的一般詞語、口語詞語都可以正確地聽出來，也就能夠順利地與人交際、與人溝通了。

利用語言實驗室，為學過基礎普通話的學員開設“廣東話⟶⟵普通話雙向口語對譯課”，是加強詞語學習，提高普通話水平的極好方法。筆者的具體做法如下：

1. 聽譯詞語。2. 聽譯句子。3. 按句口譯文章（聽錄音帶或看錄像）。這三部份內容的詞語，包括只需轉換語音的，也包括語音、詞形均需轉換的。4. 跟讀廣東話口語詞語的普通話對譯。5. 對比同一字詞在普通話和廣東話的用法。6. 學習普通話口語詞。7. 老師講評及學員交流。8. 提供自學材料。

以上設計給學員提供大量聽、讀、說、譯的機會，從而可以：1. 迅速提高聽、讀、說、譯的水平和流利程度。2. 複習、鞏固原有的普通話知識和水平。3. 掌握廣東話與普通話在語音、語法，特別是詞彙方面的差異和對應規律。